삶에게 묻지 말고
삶의 물음에 답하라

삶에게 묻지 말고
삶의 물음에 답하라

나를

비우고 깨우는

명상에세이 60

김영권 | 글

이덴슬리벨

욕심을 덜고 행복을 채우다

기자가 되어 지난 22년 동안 새로운 뉴스를 쫓으며, 남의 이야기를 들추며 살았습니다. 어느 날 잘 쓴 기사들을 골라 책을 내고 싶었습니다. 그런데 한 편도 쓸 만한 게 없었습니다. 정말 단 한 편도 없다는 게 놀라웠습니다.

제가 쓴 기사의 시효는 대부분 하루였습니다. 하루가 지나면 뉴스가 아니었습니다. 그런 하루하루가 쌓여 10년이 되고 20년이 됐습니다. 그렇다면 나에게 남은 것은 무엇인가? 능수능란하게 시비를 거는 능력입니다. 틈만 나면 남을 흠보는 '직업병'입니다. 그게 언론의 비판기능이고 감시기능이라고 할 수도 있겠습니다.

하지만 비판하고 감시하는 대상에 나 자신은 빠져 있었습니다. 남에게 엄격하고, 나에게는 관대했습니다. 돌이켜보면 이런 버릇은 뿌리가 아주 깊습니다. 대학 때도 세상과 사회 탓을 많이 했지만 정작 나 자신의 성실성은 문제 삼지 않았습니다. 세월이 흘러 40, 50대가 된 '386 세대'에서 이 같은 이중 잣대의 고질적인 습성을 발견하곤 합니다.

나는 마침내 내 이야기를 하고 싶었습니다. 그런데 내가 누구인지 헷갈렸습니다. 오랜 세월 나에 대해 무관심했는데 어떻게 나를 알겠습니까? 이 책에 실린 60편의 글은 나를 찾아가는 내 마음의 여행기입니다.

이 글을 쓰며 나는 내 경험과 내 생각과 내 느낌이 아닌 것은 절대 말하지 않기로 했습니다. 내 생각과 내 느낌이라도 그것이 진짜 내 것인지 살펴보기로 했습니다. 하루만 지나면 시효를 잃는 허망한 정보들도 다루지 않기로 했습니다. 솔직하게 말하되 그것이 신변잡기에 머물지 않도록 경계하기로 했습니다. 내 안에서의 울림이 세상과 공명하기를 바랐습니다.

지난 5년 동안 한 달에 두 편가량씩 글을 썼습니다. 아주 천천히 쓰려고 했습니다. 대신 꼼꼼하게 따져보았습니다. 조금이라도 더 가까이 나에게 다가가려고 했습니다. 나에게 가는 길을 찾기 위해 미리 다음과 같은 이정표를 세웠습니다.

첫째, 내 안에 가득 찬 욕심을 덜어낸다. 둘째, 욕심에 짓눌린 내 안의 나를 깨운다. 셋째, 내 안과 내 주변에 있는 행복을 깨닫는다. 즉 '비우고 깨우고 행복하기'입니다. 동작으로 표현하면 '벗고 흔들고 춤추기'입니다.

이렇게 분명한 길을 나는 왜 가지 못할까요? 욕심을 비우기 어렵고, 내 안의 나를 깨우기 어렵고, 내 안과 내 주변의 행복을 다른 먼 곳에서만 찾기 때문일 것입니다.

너무 많이 먹으면 속이 불편합니다. 몸이 불어나면 건강할 수 없습니다. 머리가 복잡하면 집중이 안 됩니다. 마음이 산란하면 즐겁지 않습니다. 세상일도 마찬가지일 것입니다. 돈으로, 성공으로, 채울 수 없는 욕심으로 꽉꽉 채우느라 분주합니다. 하지만 별로 행복하지 않습니다. 과속과 과식 때문에 곳곳에서 탈이 나고 있습니다.

그래서 나를 찾는 여행의 시작은 '늦추고 비우기'부터입니다. 늦추고 비우기가 어렵다지만 숨 가쁘게 달리고 채우기보다 어려울까요. 채워도 채워도 차지 않는 욕망의 잔을 채우기보다는 욕망으로 가득 찬 잔을 비우는 것이 더 안전하고 확실한 행복 재테크라고 나는 믿습니다.

그동안 쓴 글들을 다시 읽어보니 많이 서툴고 거칩니다. 깊이와 넓이도 부족합니다. 하지만 나를 찾아가는 길목을 찾는 데 도움이 될 수 있을 것입니다. 독자 여러분이 단 한 편의 글에서라도 비움, 깨움, 또는 행복함의 단서를 발견한다면 저로서는 큰 기쁨이겠습니다.

마음 깊이 다가와 가슴에서 울리는 사진들이 글과 함께했습니다. 글에 평화로운 기운을 더해준 사진작가 유별남 님, 책에 생기를 불어넣어준 이덴슬리벨 최정원 편집장 님께 감사드립니다.

2010년 12월

김영권

CHAPTER 01

부디,
채울 수 없는
욕망에
찌들지 말라

_비우기

CHAPTER 02

삶에게
묻지 말고
삶의 물음에
답하라
_깨우기

03

50이 되면
숲으로 들어가
신과
대화하라

_행복 찾기

부디,
채울 수 없는 욕망에
찌들지 말라

:비우기

나의 10억 원 만들기

3+7 작전

나중에 행복하게 살려면 얼마가 필요할까?

내 생각에는 10억 원 정도면 될 것 같다. 남들도 비슷해 곳곳에서 '10억 원 만들기'가 유행이다. 하지만 로또에 당첨되면 모를까, 그게 쉬운 일은 아니다.

나의 '10억 원 만들기' 작전도 우여곡절이 많았다. 가장 먼저 떠오른 생각은 부동산 투자. 집을 빼서 전세로 옮기고 남은 돈에 대출금을 얹어 '좋은 물건'을 산다. 그러려니 이사가 귀찮고, 물건 고르기가 번거롭고, 빚을 안고 사는 것이 내키지 않는다. 부자가 되려면 이럴 때 눈 딱 감고 사고를 쳐야 한다. 아니면 부동산 투기로 한몫 챙긴 사람들을 부러운 눈으로 쳐다보든가, 배가 아파도 참든가, 배가 아프지 않을 만큼 내공을 쌓아야 한다.

부동산이 아니라면 주식투자라도 해야 한다. 인기 상품인 주식형 펀드로 10억 원 만들기는 너무 요원하고 갑갑하다. 그러니 부지런히 탐구해 '대박 종목'을 찾아내는 게 첩경이다. 바이오벤처 등 '테마주' 하나만 잘 고르면 단숨에 10배는 챙길 수 있다. 그런데 이상하게도 지금껏 내 주변에서 주식투자로 팔자를 고쳤다는 사람을 본 적이 없다. 아무래도 경제기자를 허투루 했나 보다.

이제 남은 방법은 봉급을 아껴 꼬박꼬박 저축하는 일이다. 월급통장에 자동이체를 걸고 한 달에 100만 원씩 저축하면 1년에 1,200만 원이다. 이자는 4퍼센트 안팎이니 복잡하게 복리계산까지 하지는 말자. 10년이면 1억2,000만 원, 20년이면 2억4,000만 원…. 아무래도 10억 원 만들기는 무리다.

전문가들의 조언을 들어본다. 무조건 아껴 3,000만 원 정도의 군자금부터 마련하라. 주택청약통장을 십분 활용하라. 금융지능을 높여라. 한 푼의 세금이라도 아껴라. 저평가된 우량주에 장기투자하라. 발품을 팔아라. 전문가 자문비용을 아까워하지 말라. '블루오션'을 찾아라….

다 맞는 말이다. 그래도 나는 10억 원을 만들 자신이 없다. 그래서 고심 끝에 찾아낸 꼼수가 '3+7 작전'이다. 앞의 3은 '재산 3억 원'이고, 뒤의 7은 '몸값 7억 원'이다. 평생 즐기면서 7억 원을 벌 수 있는 일거리를 찾았다면 그의 몸값은 7억 원이다. 어차피 목표는 행복하게 사는 것이지 돈 그 자체는 아니었으니까 이런 식의 10억 원도 자기만 좋으면 그만이다. 이제 나는 3억 원에 못 미치는 재산을 채우고, 나를 7억 원짜리로 만드는 일만 남았다.

여기에는 두 가지 방법이 있다. 하나는 채우는 것이고, 또 하나는 비우는 것이다. 채우려면 나의 '상품성'을 높여야 한다. 남의 주머니에서 흔쾌히 7억 원을 넘겨받을 수 있을 만한 실력 있는 프로가 되어야 한다.

만족할 줄 모르는 사람은

부유한 것 같지만 사실은 가난하고,

만족할 줄 아는 사람은

가난한 것 같지만 사실은 부유하다.

그게 아니고 비우려면 욕심을 버려야 한다. 과욕을 버리고 마음을 비워 소박하게 사는 데서 행복을 느낄 수 있다면 그것도 7억 원짜리다. 이른바 '영점零點'을 '마이너스 7억 원'까지 뒤로 물리면 되는 것이다.

물론 비우는 것도 말만큼 쉽지는 않다. 누구나 한 방에 마음이 가난해질 수 있다면 천국이 만원일 것이다. 하지만 그것은 채워도 채워도 차지 않는 욕망의 잔에 인생을 거는 것보다 훨씬 쉽고 안전한 무공해 재테크다.

돈아!

한판 붙자

돈과 한판 붙어서 이기려면?

크게 두 가지 방법이 있다. 하나는 돈을 많이 버는 것이다. 그러려면 돈 버는 능력이 있어야 한다. 능력도 없이 덤벼선 절대 돈을 이길 수 없다. 백전백패다. 결국 돈에 쪼들리고, 돈이 무서워진다. 돈에 주눅 든다. 한 푼의 돈에 벌벌 떨게 된다.

돈은 호락호락한 상대가 아니다. 수십 년 동안 돈과 겨뤄왔지만 나는 한 번도 돈을 이기지 못했다. 돈은 내가 나가떨어지지 않을 정도로만 냄새를 풍기며 나를 유혹한다. 그 유혹은 화려하고 달콤하다. 강력하고 집요하다. 나는 정신없이 돈을 쫓는다. 그러나 돈은 결코 덜미를 잡히지 않는다. 나는 돈이 무섭다.

그렇다고 돈과의 싸움을 피할 수도 없다. 돈 없인 못 사는 세상이니까. 그래서 모두 돈에 웃고, 돈에 운다. '돈 버는 기술'을 배우려고 안달이다. 재복을 타고나 아무리 뿌리쳐도 돈이 따라다니는 사람, 물려받은 재산이 차고 넘치는 사람, 연달아 번개 맞기보다 힘들다는 로또 벼락을 맞은 사람. 이 세 가지 경우에 해당하는 사람이 아니라면 젖 먹던 힘까지 다해 재테크 기술을 배우고 익혀야 한다. 물론 한 방에 통하는 재테크 왕도는 없다.

돈과 붙어 이기는 두 번째 방법은 돈 없이 잘사는 것이다. 그러려면 돈 없이 잘살 수 있는 능력이 있어야 한다. 자본이 모든 것에 우선하는 자본주의 사회에서 어떻게 돈 없이 잘살 수 있을까. 돈 없인 못 사는 세상 아닌가. '빈대' 노릇도 정도껏 아닌가. 그렇다면 다음의 경우를 보자.

유난히 돈 버는 능력이 달리는 농부 김광화 씨. 대학 경제학과를 나와 20여 년간 도시 생활을 하던 그가 세 식구를 데리고 시골로 낙향했다. 저간의 사연이 절절하지만 거두절미하고 그가 돈과 끝장 보는 한판 씨름을 했다는 대목만 들여다보자.

우선 쌀농사. 밥은 먹고 살아야 하니 쌀농사부터 지어야 하는데 이 농사에도 돈이 꽤 든다. 그래서 기계농을 일절 포기하고 순전히 몸으로 때우는 농사에 나선다. 논에서 나락을 거두는 일에도 '홀태'라는 원시도구를 되살려 쓴다. 돈 안 들이고 일 년치 양식을 마련하는 데 성공하자 돈과의 싸움을 더 진전시킨다. 한마디로 전면전이다.

밥은 가마솥에 군불을 지펴서 짓는다. 물고기가 먹고 싶으면 강가로 달려간다. 승용차도 한동안 몰지 않는다. 심지어 몇 달 동안 밤에 전등불조차 켜지 않고 지내본다. 아이들은 집에서 가르친다.

너무 극단적이고 곤궁한 실험이 아니냐고? 아무튼 그는 이 싸움에서 이긴다. 무섭던 돈이 무섭지 않게 된 것이다. 통장에 돈이 쌓이면 무조건 좋더

돈과 불어 이기는 방법은

돈 없이 잘사는 것이다.

니 어느 순간부터는 그때그때 필요한 돈보다 많이 쌓이면 오히려 거북해진다. 그래서 몇 푼 쟁여놓았던 돈으로 '돈 굿'을 벌인다. 아내에게 "옷이나 한 벌 사 입고 나머지는 필요한 데 쓰라"고 꼬불친 통장을 넘겨준다. 식구들과 근사하게 외식도 한다. 가욋돈은 통째로 기부한다.

그는 이렇게 한풀이 굿판을 치르고 났더니 돈이 갖는 의미가 조금 정리되더라고 한다. 돈 때문에 안에서 잔뜩 꼬였던 게 스르르 풀어지니 그제야 이 세상이 흘러가는 순리를 담담하게 받아들이게 됐다고 한다.

> "돌고 도는 돈. 빚이 세상에 대한 부채라면, 앞날에 대한 두려움 때문에 돈을 쌓아놓기만 하는 것은 자신에 대한 부채가 아닐까. 가끔씩 나 자신에 대한 부채를 점검한다."

이 정도면 그가 돈과 한판 붙어 이겼다고 해도 되지 않겠나. 그야 모든 걸 훌훌 털고 시골로 갔으니 그럴 수 있었겠지만 생존경쟁이 치열한 도심 한복판에서 그게 어디 가능한 얘기일까. 물론 그렇다. 나처럼 돈독이 오른 사람은 꿈도 꾸기 어려운 얘기다. 그래도 그의 실험을 군데군데 흉내 내볼 참이다. 도시에서도 지금보다 돈 덜 쓰고 잘 지내는 법이 전혀 없지는 않을 것이다. 그래서 적어도 한 푼의 돈에 벌벌 떨지는 않게 해야겠다.

힘 빼는
연습

4가지

아무래도 너무 힘주고 산다. 목 뻣뻣이 세우고, 배에 힘준다. 머리 열나게 돌리고, 시선 째려본다. 이 악물고, 주먹 불끈 쥔다. 험한 세상에 생존경쟁 치열하니 어쩔 수 없다. 하지만 저녁이 되면 머리에 쥐가 난다. 맥 풀리고 가슴이 답답하다. 뒷목, 어깨, 허리, 아랫배 모두 뻣뻣하다. 몸이 굳어 긴장도 잘 안 풀린다. 긴장을 풀지 않으면 병이 된다. 암을 부른다. 그러니 힘 빼는 연습을 하자. 항상 힘주고 살 수는 없는 일 아닌가.

힘 빼기 왕도, 잘 자자. 누구나 하루에 4분의 1은 힘 빼고 산다. 몸에 힘주고 자는 사람은 없다. 꿈자리 뒤숭숭하면 모를까 잘 때 힘들이지 않는다. 이때야말로 아무것도 하지 않는다. 무념, 무상, 무위, 무아다.

너무 바빠 잠자는 것도 아깝다고? 최단 시간에 최대 수면 효과를 거둬야 한다고? 어찌 그런 험한 말씀을…. 아무것도 하지 않는 시간이 있어야 뭐든 할 수 있다. 잠이 삶의 배경이다. 그러니 잠자는 시간은 소중하다.

잠자는 것은 '생명공장'에 다녀오는 것이다. 에너지 공장에 몸과 마음을 입고시키는 것이다. 그곳에서 우리는 생명의 기운을 충전한다.

잠잘 때는 의식이 잠들고, 잠재의식이 작동한다. 꿈의 나라다. 잠이 깨면 잠재의식이 물러나고 의식이 작동한다. 그러면 휴식 끝이다. 다시 잠자리에 들 때까지 쉬지 않고 달린다. 몸 바쁘고, 마음 바쁘고, 의식도 바쁘다. 그러니 자지 않을 때도 힘 빼는 연습을 몇 가지 해보자. 말하자면 의식적으로 힘 빼기다.

첫째, 털기. 관절과 근육의 힘을 모조리 뺀다. 모든 힘을 발바닥으로 내린 다음 마음대로 몸을 턴다. 연체동물처럼 흐느적거린다. 긴장되고 굳은 쪽이 있으면 거기부터 털고, 흐느적거린다. 그래도 뭔가 부족하면 비비 꼰다. 이렇게 털고, 흐느적거리고, 비비 꼬는 걸 뭐라 할까. '요레'라고 부르자. 왜 '요레'냐고? '요가+발레'니까. 요가든 발레든 막춤이든 사실 이름은 중요하지 않다. 중요한 것은 쌓인 것을 털고, 막힌 곳을 푸는 것이다. 힘을 빼는 것이다.

둘째, 퍼지기. 일명 시체놀이다. 요령은 간단하다. 죽은 시체처럼 퍼져 눕는다. 힘을 등 쪽으로 모두 내린다. 등이 바닥에 쩍 달라붙는다. 몸이 땅에 스며든다. 너무 쉽다. 그런데 하려는 사람이 없다. 마음은 그런 쓸데없는 짓에 귀한 시간을 낭비하지 말라고 한다. 마음은 쉬운 것을 싫어한다. 공연히 어려운 것만 좋아한다. 그 마음을 물리고 하루 10분씩만 시체가 되어보자. 결코 낭비는 아닐 것이다.

셋째, 흐르기. 여기서부터는 연상 연습이다. 나는 강가에 앉아 있다. 고요히 앉아 있다. 흐르는 강물을 바라본다. 그 강물에 근심 걱정을 모두 흘려

보낸다. 고인 곳을 흐르게 한다. 얼룩진 곳을 씻어낸다. 흐르면 맑아진다. 거스르지 않으면 편하다. 삶과 강물이 하나 되어 흐른다. 나는 강물이다. 무심하게 흐르는 강물이다.

넷째, 떠다니기. 나는 하늘 위의 구름이다. 바람 부는 대로 떠다닌다. 목적도, 방향도 없다. 그냥 떠다닌다. 구름은 저항하지 않는다. 힘주지 않는다. 목적과 방향에 집착하는 나와 다르다. 구름을 담은 하늘은 공空이다. 우주를 담은 공이다. 있기도 하고 없기도 하다. 나는 그 하늘을 떠다닌다. 자유롭게, 평화롭게, 행복하게!

"나는 힘없는 사람인데", "뺄 힘이 없는데", "기진맥진인데"라고 말하는 분도 있을 수 있겠다. 그렇다면 그분은 빼 드리자. 대신 힘 있는 분부터 힘 좀 빼자. 목에 힘주고 사는 분부터 힘 좀 빼자. 넘치는 힘 빼서 힘없는 분께 보태드리자. 그야말로 윈윈 아닌가.

굿바이
~

스트레스

스트레스는 풀지 못한 욕망이다. 불완전 연소된 감정의 찌꺼기다. 버벅대는 정보다. 위험한 발암물질이다. 몸과 마음에 달라붙은 녹이다. 즐겁게 잘 살려면 스트레스를 몸속에 쌓아두지 말아야 한다. 바로바로 털어버려야 한다. 어떻게 하면 그럴 수 있을까? 이론이 하도 많아 헷갈린다. 뭐가 정답인지 모르겠다. 그러니 이론 말고 경험에서 답을 찾아보자.

경험상 스트레스는 세 곳에 가장 많이 쌓인다. 머리와 가슴과 배다. 단전으로 치면 상단전, 중단전, 하단전이다. 이중 머리에 스트레스가 쌓이면 골치 아프다. 머리가 지끈지끈하다. 머릿속이 윙윙거린다. 열 받는다. 뚜껑 열린다. 가슴에 스트레스가 쌓이면 답답하다. 기가 찬다. 숨이 꽉 막힌다. 맥이 탁 풀린다. 배에 스트레스가 쌓이면 속이 더부룩하다. 배가 살살 아프다. 속이 쓰리다. 밥맛 떨어진다. 소화가 안 된다.

골치 아프고, 가슴 답답하고, 속이 더부룩한가? 그렇다면 스트레스를 받고 있는 것이다. 이제 이 세 곳의 스트레스를 풀어보자. 먼지 털듯 탈탈 털어보자.

우선 머리에 쌓인 스트레스. 머리를 흔든다. 머리를 흔들어 뇌에 달라붙어 버벅대는 정보들을 털어낸다. 이른바 도리도리 작전이다. 받아들이기 싫은 정보를 접할 때 흔히 고개를 가로젓는다. 그것은 본능적으로 표현하는 부정과 거절의 몸짓이다. 머리에 쌓인 스트레스도 같은 식으로 사양하고 거절한다. 일단 머리를 살살 흔들어본다. 미흡하면 좀 더 세게 흔든다. 그래도 미흡하면 아주 세게 흔든다. 누구든 머리를 흔들 때는 생각하지 않는다. 머리를 흔들면 두뇌는 연산, 분석, 추리 등의 작동을 멈추고 휴식 모드로 전환한다. 당연히 골치 아픈 생각들도 작동을 멈춘다.

둘째, 가슴에 쌓인 스트레스. 가슴을 친다. 가슴을 쳐 마음에 달라붙어 있는 감정과 욕망의 찌꺼기들을 털어낸다. 이곳저곳 쳐보면 어디가 더 답답한지 찾을 수 있다. 목, 가슴, 명치 어느 쪽이든 더 답답한 곳을 더 많이 친다. 살살 치다가 조금씩 강도와 속도를 높인다. 그래도 부족하면 소리를 지른다. 소리를 세게 지르면 다 털리지 않은 스트레스들이 밖으로 튀어나온다. 소리를 지르기 민망하면 웃음을 터트린다. 큰소리로 웃는다. 박장대소한다. 소리를 지르고 웃음을 터트려 스트레스를 토해낸다.

셋째, 배에 쌓인 스트레스. 배를 두드려 장기에 달라붙어 있는 독과 녹을 털어낸다. 손바닥으로 두드려 뱃속을 경쾌하게 울린다. 주먹으로 두드려 뱃속을 묵직하게 울린다. 털린 스트레스는 심호흡으로 뱉어낸다. 숨을 아랫배까지 깊숙하게 들이쉰다. 끌어들인 산소로 탁한 기운을 휘감아 길게 내쉰다. 부족하다 싶으면 제자리에서 뛴다. 뱃살이 출렁이게 뛴다. 허리를 돌리

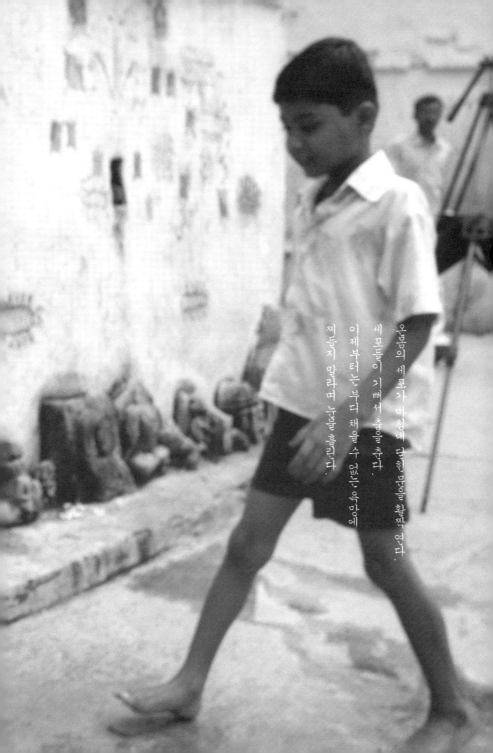

온몸의 세포가 마침내 닫힌 문을 활짝 연다.

세포들이 기뻐서 춤을 춘다.

이제부터는 부디 채울 수 없는 욕망에

찌들지 말라며 눈물을 흘린다.

고, 옆구리를 늘인다.

스트레스 털기는 얼마나 해야 하나. 몸에 느낌이 올 때까지 한다. 즉 머리가 개운할 때까지, 가슴이 시원할 때까지, 속이 후련할 때까지다. 물론 말처럼 쉽지는 않다. 이유는 간단하다. 풀지 못한 욕망과 불완전 연소된 감정의 찌꺼기, 버벅대는 정보가 내 안에 너무 많기 때문이다. 오래 묵힌 스트레스로 온몸 구석구석, 세포 하나하나가 모두 심하게 녹슬었기 때문이다. 그러니 스트레스 털기도 총체적으로 해야 한다. 가볍게 한두 번 털어서 될 일이 아니다. 머리 흔들고, 가슴 치고, 배 두드린다. 세 가지를 동시에 한다. 스트레스 털기 삼총사를 동시다발적으로 한다. 자기 마음 가는 대로 여러 가지를 섞고 응용하고 변형해도 좋다. 어떤 식으로 하든 자주 하고, 오래 하고, 세게 한다. 땀에 흠뻑 젖을 때까지 한다. 아무 생각이 없을 때까지 한다.

그러면 어느 순간 느낌이 온다. 온몸의 세포가 마침내 닫힌 문을 활짝 연다. 그 문으로 털린 스트레스, 땀에 녹은 스트레스, 열기에 연소된 스트레스가 뿜어져 나온다. 세포들이 기뻐서 춤을 춘다. 세포들이 감격한다. 이제부터는 부디 채울 수 없는 욕망에 찌들지 말라며 눈물 흘린다.

내 그림자가

울고 있다

영원한 파트너 남과 여. 둘의 시소게임은 끝이 없다. 틈만 나면 알콩달콩, 티격태격, 일희일비한다. 고도의 심리전을 펼친다. 육탄전을 치른다. 가끔 몸과 마음이 하나가 되어 행복의 오르가슴을 만끽한다. 그러나 하나 된 순간은 스치듯 지나간다. 둘은 스르륵 다시 거리를 벌린다. 숙명의 시소를 탄다.

남과 여의 사랑만 그럴까. 삶 자체가 시소게임이다. 나는 오늘도 빛과 어둠 사이를 오르내린다. 즐거운 일과 슬픈 일, 행복과 불행, 사랑과 미움, 희망과 절망, 선택과 포기, 만남과 이별, 하고 싶은 일과 해야 하는 일, 돈벌이와 씀씀이 사이를 오르내린다.

내 삶은 시소 위에 있다. 무슨 일을 하든 그 일과 내 마음은 시소게임을 한다. 로버트 존슨이라는 저명한 심리학자는 이를 다음과 같이 설명한다.

"내가 하는 일은 시소의 오른편에, 내 마음은 시소의 왼편에 있다. 오른편의 삶은 사회적으로 드러난 외면의 삶이다. 왼편의 삶은 내 마음속

내 삶은 시소 위에 있다.
나는 오늘도 빛과 어둠 사이를 오르내린다.
내가 멈춰야 시소도 멈춘다.

남들이 보는 나의 인생 드라마는 오른편의 것이다. 하지만 내 마음속에서는 남들이 보지 못하는 또 한 편의 드라마가 상영 중이다. 이 두 개의 드라마가 매일 시소게임을 한다. 오른쪽과 왼쪽을 왔다 갔다 한다. 우왕좌왕, 좌충우돌한다. 일이 즐거우면 시소는 경쾌하게 움직인다. 게임은 흥미진진하다. 나의 감각은 예민하게 살아 있다. 일이 즐겁지 않으면 시소는 무겁게 움직인다. 게임은 고단하다. 나는 왼편에 스트레스를 올려놓고 가까스로 시소의 균형을 맞춘다.

일이 버거우면 시소는 오른편으로 심하게 기울고, 왼편에는 그림자가 진다. 어두운 삶의 그늘이다. 로버트 존슨은 "당신의 그림자가 울고 있다"고 경고한다. "그림자를 울리지 말라"고 당부한다. 일이 더 무거워지면 시소는 뒤집힐 것이다. 오른편의 삶은 엉망이 되고, 왼편의 삶도 망가질 것이다.

나는 시소가 뒤집히지 않게 왼편에 마음의 짐을 더 올려놓는다. 욕심을 더하고, 욕망을 불태운다. 의지를 북돋우고, 비장하게 각오한다. 미래를 달콤하게 포장한다. 돈과 성공이 가져다줄 만족감을 부풀린다. 곧 죽어도 자존심을 내세운다. 그것도 안 되면 인생은 원래 그런 것이라고 합리화한다. 시소는 힘겹게 움직인다. 깃털 하나만 더 올려도 부러질 것 같다. 삶이 결딴날 것 같다. 아 고단한 삶의 전투여!

어떻게 하면 이 시소게임을 잘할 수 있을까.

첫째, 오른편 삶의 무게를 줄인다. 꽉 채운 일상을 솎아낸다. 해도 그만,

안 해도 그만인 일은 하지 않는다. 꼭 해야 할 일과 하고 싶은 일만 한다. 그 것만으로도 차고 넘친다면 모든 일을 원점에서 재점검한다.

둘째, 왼편의 욕심을 조금 내려놓는다. 욕심을 줄이면 꼭 해야 할 일도, 꼭 하고 싶은 일도 줄어들 것이다. 지나간 일에 얽매이지 않는다. 다가올 일을 미리 걱정하지 않는다.

이 두 가지만 해도 내 삶은 많이 가벼워질 것이다. 인생의 시소게임이 상당히 즐거워질 것이다. 오른쪽과 왼쪽이 균형의 리듬을 탈 것이다.

하지만 아직 세 번째 단계가 남았다. 시소의 중앙으로 가는 것이다. 시소의 정중앙은 일과 마음이 일치하는 곳이다. 남녀가 하나 되는 오르가슴의 상태다. 태풍의 눈과 같은 동적인 무풍지대다. 마음의 분별을 넘어선 해방구다. 그곳에 서면 삶의 무게를 모른다. 그곳엔 그림자가 없다. 어느 쪽으로도 기울지 않는 삶의 한가운데이기 때문이다. 그곳이 바로 내 안의 중심이다.

지금 이 자리에서 그곳으로 가보자. 모든 걸 멈추고 내 안의 고요한 정중앙을 찾아보자. 내가 멈춰야 시소도 멈춘다. 시소의 움직임이 완전히 멈추는 그 순간, 그 지점을 놓치지 말자. 그곳에서 평화를 즐기자.

키스처럼

몇 시간 산을 타다가 내려와 걸치는 막걸리 한 잔. 그 맛 때문에 산에 간다는 사람도 있다. 한여름 축구 한판 뛰고 생맥주 한 잔을 들이켤 때도, 한겨울 동네 한 바퀴를 돌다가 사우나 온탕에 풍덩 들어갈 때도 역시 "이 맛이야!"란 말이 절로 나온다. 어디 이뿐인가. 빈속에 털어 넣은 소주 한 잔이 찌르르 하고 흘러 내려갈 때도 "캬~" 하는 감탄사가 터진다. 그날의 시름도 함께 녹아내린다. 1,500원짜리 김밥 한 줄도, 2,500원짜리 라면 한 그릇도 상황에 따라 최고의 메뉴가 될 수 있다.

그 상황이란 사실 아주 간단하다. 첫맛이 최고에 이를 정도로 속을 비우는 것이다. 영화 「식객」에도 나오지 않는가. 가장 맛있는 라면의 비결은 배고플 때 먹는 것이라고. 군대 시절, 기합 세게 받고 보초 한참 서다가 들어와 눈치 보며 끓여 먹던 라면의 맛을 어찌 잊을까. 점심을 거르고, 저녁을 즉석 김밥 한 줄로 때워보라. 김밥 한 줄이 아니라 한 조각이 애틋하고, 단무지 하나 남길 게 없다. 그 아쉬움을 채우지 말고 그대로 남겨두었다가 다음 날 아침 식탁에 앉아보라. 그 아침이 얼마나 맛있겠는가. 첫 키스가 아찔할 정도로 짜릿한 것도, 첫사랑이 평생 잊히지 않는 것도 모두 같은 이치다.

하지만 어쩌랴. 첫 키스든 첫사랑이든 단 한 번밖에 기회가 없는 것을. 그것이 너무 아쉽고 안타깝다면 방법은 단 하나, 모든 키스를 첫 키스처럼, 모든 사랑을 첫사랑처럼 하는 것이다. 신영복 선생의 글귀처럼 그 글귀를 귀신같이 상표로 낚아챈 술 이름처럼 말 그대로 '처음처럼'이다.

그런데 그 '처음처럼'이 말처럼 쉽지 않다. 이유는 역시 간단하다. 첫맛이 다시 살아날 때까지 속을 비우지 않기 때문이다. 빈속을 참아내지 못하기 때문이다. 무엇이든 꾸역꾸역 채워 넣기만 하지, 비우는 훈련을 하지 않기 때문이다.

채우고 또 채우니 진수성찬도, 산해진미도 입에 당기지 않는다. 1인당 10만 원이 넘는 코스 요리에 역시 10만 원이 넘는 고급 와인을 곁들여 뻐근하게 식사를 해도 감동이 없다. 로열살루트나 발렌타인 30년산으로 폭탄주를 만들어 마셔도 "캬~" 하던 소주 한 잔만 못하다.

끝없이 "조금만 더~"를 외치는 욕망의 질주를 어떻게 감당할까. 더 맛있는 걸로, 더 비싼 걸로 쉬지 않고 업그레이드 해도 도무지 첫맛이 나오지 않는다. 욕망의 한계효용은 채우면 채울수록 체감한다. 그걸 무시하고 자꾸 채우면 중독이 되고, 비만이 되고, 병이 된다. 그러니 비웠다가 채우고, 다시 비웠다가 채우는 식의 '처음처럼' 전략이 훨씬 쉽고, 안전하고, 경제적이다. 그 비우는 전략을 실행하는 힘이 바로 나를 지키고 가꾸는 힘이기도 하다. 그 힘이 나의 하루를 생동하게 만든다. 첫맛을 만나기 위해 나를 비우는 과정 자체가 생활의 질서로 자리 잡는다. 그것이 매 순간 생명의 힘을 불어넣는다. 수많은 '처음'을 만들어낸다.

그것만이 아니다. 매 순간을 더 깊고, 더 넓고, 더 크게 만든다. 첫사랑보다 더 깊고, 더 넓고, 더 큰 사랑으로 나를 이끈다. 이 사람에게 싫증이 나면 다른 사람으로 바꿔 인스턴트 사랑을 반복하는 게 '처음처럼'은 아니다. 진짜 '처음처럼'은 나를 비우고 규율하는 깊은 성찰에서만 나온다.

가진 게
너무

많다

벼르고 벼르던 옷장을 뒤집었다. 옷이 너무 많아 무슨 옷이 어디에 있는지 도무지 알 수가 없다. 이번에는 단단히 마음먹는다. 최근 1년간 한 번도 입지 않은 옷은 모두 솎아내기로 했다. 그래도 주저주저하며 빼낸 옷이 한 짐을 넘는다.

내친김에 냉장고도 열어본다. 먹을 게 차고 넘친다. 냉동실에 있는 생선은 어느 명절 때 넣어둔 것인지 가늠할 수가 없다. 만두피에는 4년 전 유통일자가 찍혀 있다. 냉장실에도 버릴 게 수두룩하다. 솔직히 '이건 먹어도 되는지' 의심스러운 게 한두 개가 아니다. 가게에서 살 때는 유통일자가 하루만 지났어도 분개하면서 우리 집 냉장고에는 유통기한이 없다. 찜찜해서 버린 음식이 쓰레기봉투를 다 채울 정도다. 이러면 벌 받는데….

작심하고 신발장도 뒤집는다. 신지도 않은 채 모셔둔 신발들이 가득하다. 낡은 것들만 골라서 버려도 짐이 만만치 않다. 이번에 남긴 신발들도 대개 신발장만 지키고 있을 것이다.

오늘은 여기까지다. 버리기도 힘들어서 손을 놓는다. 아무래도 나는 가진 게 너무 많다. 책장에는 책이 넘친다. TV 볼 시간은 있어도 책 읽을 시간은 없는데 책만큼은 주체하기 힘들 정도로 쌓여 있다. 결국은 다시 들춰 보지도 않을 책들을 꾸역꾸역 끌어안고 산다. 소파, 침대, 책상, 걸상, 식탁, 탁자, 수납장, 경대…. 가구도 없는 게 없다. 안방이며 거실이며 큰 공간을 다 차지한 가구들을 피해 다니다 보면 누가 주인인지 헷갈린다. 피아노는 몇 년째 울림도 없이 제자리를 지키고 있다. 그 위에는 먼지 탄 봉제인형들이 '동물농장'을 이루고 있다. 자질구레한 잡동사니는 훨씬 더 많다. 연필, 볼펜, 지우개, 손목시계, 열쇠고리, 동전, 쓰지 않는 가방, 망가진 장난감, 빈 화분, 카세트테이프, 약봉지 등등 끝이 없다. 부엌살림은 매일 잔치를 치러도 될 정도다.

이렇게 가진 게 많아도 나는 별로 행복하지 않다. 늘 무언가 부족하다. 하긴 강남 사람이 더 부자라고 하지만 더 행복하게 산다는 말은 별로 들어보지 못했다. 그들도 부족한 게 많은 모양이다. 그래서 또 열심히 사들이고, 집 안 곳곳에 쟁여놓는다. 그러기 위해 정신없이 일하고 벌어들인다. 더 좋은 차와 더 큰 집은 필생의 목표다. 이것까지 사들여야 나는 행복할 것 같다. 경제기자를 하다 보니 '이젠 소비가 미덕'이라며 다른 사람들도 끌어들인다. 지구를 망치는 '대량생산·대량소비'의 함정으로 유인한다.

그러나 집 안을 뒤져 실컷 버리고 나니 채우는 것보다 오히려 속이 시원하다. 남은 옷이 옷답고, 남은 신발이 신발답고, 남은 음식이 먹음직스럽다. 빈 공간이 더 충만한 느낌이다. Less is More! 이른바 '한계효용'이 높아진 것이다. 버리고 비울수록 남은 것들이 소중해진다. 역시 중요한 것은 차지하는 게 아니라 누리는 것이다. 우리의 삶도 번잡함을 덜고 단순하게 할수록 그 가치가 드러난다. 다이어트는 체중을 줄이는 데만 필요한 게 아니다.

† † †

식기건조기 _ 그냥 말린다. 안 쓴 지 오래됐다.

식기세척기 _ 명절이나 제사 때 생각나면 돌려본다. 없어도 아무 지장 없다.

소형청소기 _ 보기엔 그럴듯하더니 써보니 별로다. 발에 자꾸 채인다.

다기세트 _ 살 때는 우아하게 다도를 즐기려 했지만 생각에 그쳤다.

체지방 체중계 _ 요즘에는 아무도 올라가는 일이 없다.

DVD플레이어 _ 최근 6개월 동안 켜본 적이 없다.

라디오 _ 여기저기 달린 것을 포함해 5개. 이중 3개는 필요 없다.

플레이스테이션 1 _ 플레이스테이션 2가 나온 다음에는 무용지물이다. 플레이스테이션 2도 같은 운명이다.

피아노 _ 최근 3년 내 뚜껑을 연 적이 없다. '비싼 건데 나중에 혹시 필요하면 어쩌나' 하는 생각에 모시고 산다.

휴대전화 _ 쓸데없이 MP3 기능이 붙어 있다. 한 곡 내려받아 한 달 듣는 데 1만 원씩 내는 '사고'를 친 다음부터는 손도 안 댄다. 낡은 것도 어딘가 3개나 처박혀 있다.

쌍안경 _ 어디서 흘러왔는지 군용 1개와 최신형 1개, 오페라용 2개 등

4개가 있다. 최근 10년 내 써본 적이 없다.

인형 _ 수십 개. 강아지가 갖고 노는 서너 개를 제외하면 모두 필요 없다. 아무도 돌보지 않는다.

장난감 _ 철 지난 장난감이 수납장에 서너 상자다. 버리지 못해 갖고 있다.

필요 없는데 꾸역꾸역 끌어안고 사는 것이 이것뿐이랴. 하다못해 쓰레기통도 방마다 한두 개라 몇 개는 버렸으면 좋겠다. 아직도 한참 더 열거할 수 있다. 하지만 쓸데없는 걸로 지면을 채우고 있다고 야단맞을 것 같아 이쯤에서 줄인다. 그러면 나에게 필요한 것은 무엇인가. 가장 필요하다는 의식주부터 따져본다.

의 _ 유행을 따진다면 항상 부족하다. 그 유행이 정장, 캐주얼, 등산, 조깅, 골프, 사이클 등등 종목별로 다르니 따라잡기 벅차다. 유행 지난 옷이야 주체하기 힘들 정도다.

식 _ 무공해식품이라면 아주 귀하다. 그게 아니라면 먹을 게 넘친다. 너무 많이 먹어 문제다.

주 _ 더 크고 좋은 집을 원한다면 아직 멀었다. 그게 아니라면 지금 사는 집으로 충분하다. 세 식구가 30평형대 아파트에 사니 내 공간이 10평은 된다.

버리고 비울수록 남은 것들이 소중해진다.

Less is more!

중요한 것은 차지하는 게 아니라 누리는 것이다.

결론적으로 입고 먹고 자는 데 아무런 문제 없다. 아니 너무 풍족하다. 꼭 필요한 의식주의 2배, 아니 5배는 갖고 산다. 그런데도 항상 부족한 것 같다. 채우고 채워 '고도비만'이 됐는데도 더 채우려 한다. 그 채울 수 없는 부족함을 채우기 위해 자꾸 더 사들인다. 그래서 사들인 것도 알고 보면 위에서 줄줄이 읊은 것 가운데 하나일 뿐이다. 한 조사에 따르면 오늘날 선진국에서는 한 사람이 평균 1만 가지 상품을 소비하면서 산다. 반면 나바호 인디언은 25가지만 갖고 편하게 산다고 한다.

그렇다면 정말 나에게 부족한 건 무엇인가. 그건 이런 거다. 깨끗한 물, 맑은 공기, 놀고먹을 시간, 마음 편한 친구, 한가로움, 홀가분함, 고요함…. 내가 사치를 부리지 못하는 것은 바로 이런 거다. 이런 것도 넘치게 사들이려면 얼마나 더 정신없이 일하고 돈을 벌어야 하나?

무소유

실험

당신은 지금 갖고 있는 것을 모두 던져버릴 수 있는가? 모든 소유를 놓고 마음 편히 살 수 있는가? 집도 절도 없고, 돈도 한 푼 없이 행복하게 살 수 있는가? 아마 아닐 것이다. 심산수도 하는 사람이나 거리에서 먹고 자는 노숙자가 아니라면 그게 가능이나 한 얘기일까? 답이 궁금하다면 다음의 경우를 보자.

독일 여교사 출신인 하이데마리 슈베르머. '주고받기 센터'를 만들어 품앗이 운동을 이끌던 그녀는 나이 쉰넷에 매우 도발적인 '무소유 실험'에 나선다. 실험 방법은 아주 간단하다. 말 그대로 모든 걸 남 주고 아무것도 없이 사는 것이다. 물론 돈도 다 준다. 돈이 없으니 의료보험도 해지한다. 실험 장소는 자본주의 시스템이 바쁘게 돌아가는 도르트문트 도심 한복판이다. 그렇다면 그녀는 어떻게 살까. 의식주 순으로 살펴보자.

첫째, 옷은 벼룩시장 행사를 기획하고 뒤처리하면서 구한다. 유행을 좇

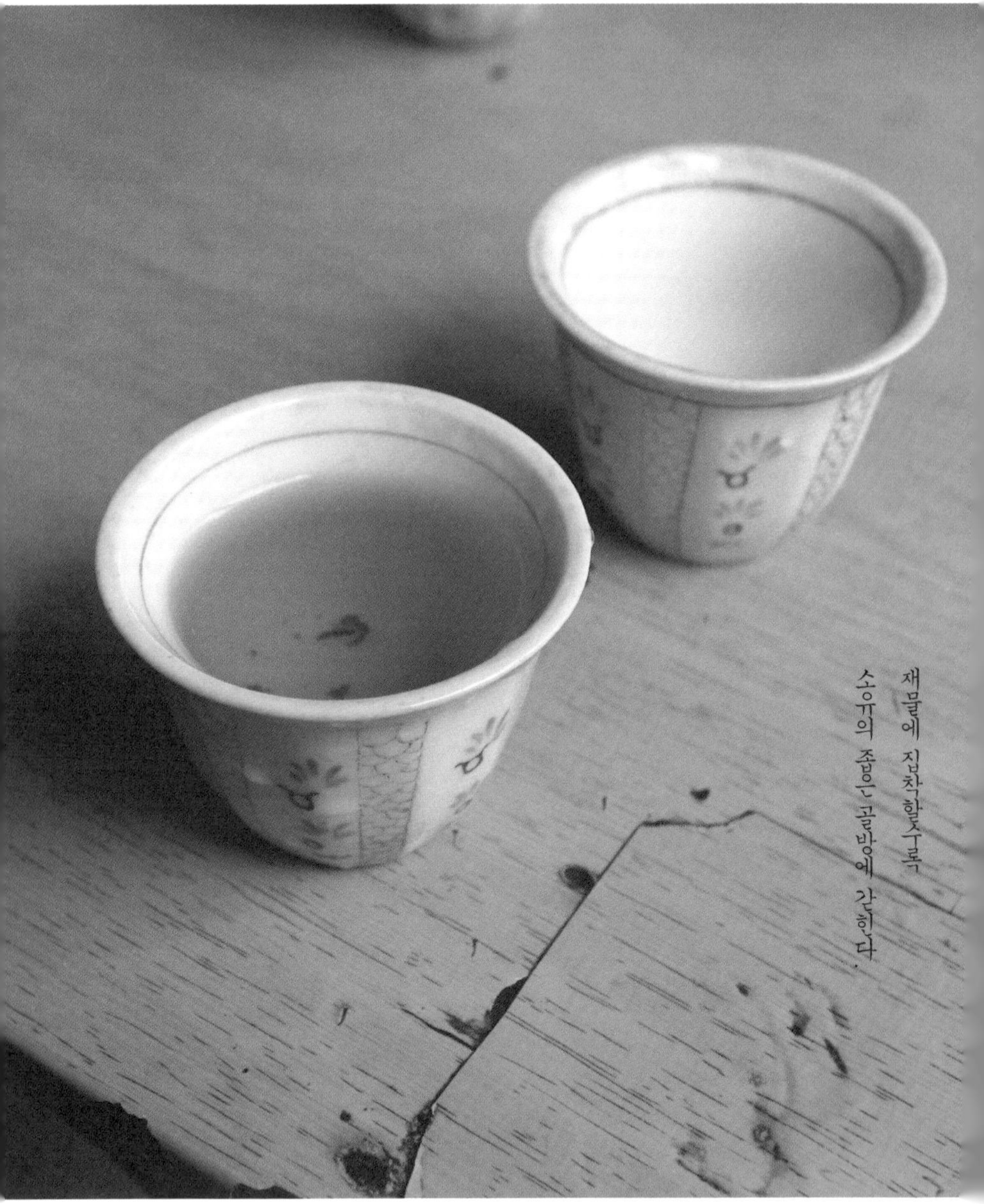
재물에 집착할수록
소유의 좁은 골방에 갇힌다

지 않지만 나름의 스타일은 고수한다. 불편한 심기로 옷을 걸칠
순 없기 때문이란다.

둘째, 일용할 양식은 빵집과 유기농 가게의 재고 고민을 덜어주는 대
가로 얻는다. 하루만 지나면 버려야 하는 남는 신선 식품을 '주고
받기 센터'에 모아서 필요한 이웃에게 나눠주는 일을 하면서 자
기 먹을거리도 해결한다.

셋째, 집은 여행이나 출장 등으로 비는 곳을 돌아가면서 이용한다. 집
을 비우는 사람은 집도 지키고 애완견 밥도 줄 사람이 필요하니
서로가 좋다. 그야말로 동가숙 서가식東家宿 西家食, '오늘은 여기
에 내일은 저기에'다.

그녀는 이런 식으로 1996년 5월부터 4년 동안 완벽하게 무일푼으로 산
다. 좋아하는 연극도 보고, 여행도 다닌다. 이런저런 품앗이로 일상의 문제를
해결하려니 신경이 많이 쓰이지만 마음은 편하다. "날이 갈수록 예전에 여행
을 다닐 때처럼, 자유롭고 근심걱정 없는 마음이 되었다"고 말한다.

"4년 전부터 나는 돈 없이 살고 있다. 사람들은 왜 그런 짓을 하느냐고
묻는다. 나는 절대 다른 사람들도 나처럼 살라고 주장하려는 것이 아니다.
다만 철저하게 소유를 포기함으로써 일반화된 우리 사회의 돈 히스테리에
저항하고 싶었고, 돈과 재산을 인생의 의미로 삼지 않아도 살 수 있다는 것
을 보여주고 싶었다."

그녀의 '무전인생'은 돈독이 바짝 오른 우리 사회에 대한 일종의 시위

이기도 한 셈이다.

얼마 전「월스트리트저널」의 한 기자가 자기 블로그에 소개해 널리 알려진 '집 없는 억만장자', 니콜라스 베르그루엔도 비슷한 얘기를 한다. 'M&A의 귀재' 인 그는 억만장자가 된 다음 소유에 대한 생각이 180도 바뀐다. '재물에 집착할수록 소유의 좁은 골방에 갇힌다'는 사실을 깨달은 것이다. 결국 그는 모든 재산을 팔아치운다. 뉴욕에 있는 콘도미니엄과 플로리다의 맨션 등을 팔고, 호텔로 거처를 옮긴다. 고급 자동차도 처분한다. 그는 전 재산을 자선단체에 기부하고, 무소유로 살겠다고 다짐한다.

"내가 소유하고 있는 어떤 것이라도 잠시 동안일 뿐이며, 우리의 행동과 우리가 만들어내는 것들이 -이 세상에서- 영원할 것이다."

이 정도면 불가에서 말하는 '무소유' 철학의 정수라 할 만하다. 이런 각오라면 집도 절도 돈도 없이 잘살 수 있을 것 같다. 늘 가진 것이 부족해 더 채우는 일에만 정신이 팔려 있는 우리들보다 훨씬 편하고 행복하게 살 것 같다.

법정 스님

따라하기

입적하신 법정 스님의 속뜻을 어찌 다 헤아릴까. 그러나 스님의 글과 법문을 읽다 보면 몇 가지 떠오르는 모습이 있다.

우선, 스님의 젊은 시절. 스님이 1972년 『영혼의 모음』에 이어 두 번째 산문집인 『무소유』를 냈을 때가 1976년이다. 그때 세속 나이가 마흔넷이니 나보다 젊으셨다. 『무소유』에는 평생 글을 써서 공양해야 할 스님의 문학적 재능이 유감없이 드러난다. 학승과 선승의 모습도 교차한다. 그리고 드문드문 스님의 젊은 혈기와 관념적 냄새도 풍긴다. 1970년대 유신 독재와 부조리를 개탄하는 분심도 배어 있다. 30, 40대 스님의 거친 생각이 엿보일 때 나는 은근히 경쟁심이 발동해 씩 웃는다. 그래, 스님도 왕년에 젊으셨지! 아주 어린 풋중일 때도 있었지!

두 번째, 스님의 산골 생활. 스님은 깊은 산속 오두막에서 홀로 사셨다. 신새벽에 깨어 예불을 드리고, 찻물을 다리고, 아침을 챙겼다. 산책을 하고, 채마밭을 갈고 책을 읽었다. 낡은 카세트 플레이어에 바흐를 넣고 선율을 음미했다.

무소유, 몸과 마음과 머리에서

모두 실천해야 할 총체적인 것.

스님이 퍼트린, 맑고 향기로운 씨앗을

내 마음속에 심는다.

꽁꽁 언 개울을 깨서 물을 길렀다. 땔감을 모아 장작을 패고 아궁이에 불을 지폈다. 글을 쓰고, 편지를 읽었다. 가을 햇살을 맞으며 문풍지를 발랐다. 댓 잎 스치는 소슬바람 소리를 듣고, 안뜰에 내린 교교한 달빛을 바라보았다.

스님이 17년간 지낸 송광사 불일암을 떠나 강원도 오두막으로 갔을 때가 나이 예순이었다. 스님은 입적하실 때까지 전기도 들어오지 않는 이곳에서 '텅 빈 충만'을 즐겼다. 당신이 계신 곳이 알려지면 또 다른 곳으로 뜨겠다고 하는 바람에 누구도 거처를 밝히지 못했다. 그 뜻을 헤아려 나도 스님이 어디에 계신지 굳이 알려고 하지 않았다. 그곳이 오대산 자락인 것을 나는 입적하신 다음에야 알았다.

세 번째, 법문하러 산을 내려오는 모습. 스님은 한두 달에 한 번꼴로 서울 성북동 길상사에 오셨다. 그게 짝수 달 정기법회와 부처님 오신 날, 하안거와 동안거 결제·해제일, 길상사 창건일 정도다. 스님은 새벽같이 산을 내려와 법문하고, 그날 바로 산으로 가셨다. 길상사를 세웠지만 그곳에 자신의 방 하나 두지 않았다. 사실 스님은 법문하는 것을 달가워하지 않았다. 그러나 조금도 소홀하지 않았다. '중 된 도리'를 다해야 했기 때문이다.

스님의 법문은 군더더기가 없었다. 얼른 본론으로 들어가 거침없이 나아갔다. 지루할 틈이 없었다. 조금 긴장하고 들어야 했다. 물 흐르듯 흐르지만 곳곳에 따가운 쓴소리가 있었다. 바로 그 한 마디 한 마디가 깊이 생각하고 다듬고 묵힌 것이리라. 스님은 번다함이 없는 곳에서 자신을 깨우고 법문을 채워서 한두 달에 한 번씩 내어놓았다. 침묵 속에서 자연과 교감하며 소중하게 갈고닦은 보석을 풀어놓았다. 나는 스님이 다음 법문을 생각하며 매일매일 삶의 자세를 가다듬는 심정이 느껴진다.

넷째, 맑고 향기로운 눈매. 스님은 맑고 향기로운 기운을 몸에 담기 위해 청정한 생활규범을 지켰다. 마지막에는 가장 아끼던 벗인 책과 다기에 대한 소소한 욕심도 내려놓았다. '무소유'는 스님의 평생 화두였다. 그것은 몸과 마음과 머리에서 모두 실천해야 할 총체적인 것이었다. 한시도 방심할 수 없는 것이었다.

이런 평생 수행과 함께 스님의 글은 후작으로 갈수록 더 맑고 깊어졌다. 더 쉽고 유연해졌다. 더 간결하고 분명해졌다. 더 깊숙하게 영혼을 울렸다. 그래서 나는 스님이 시공을 달리한 것이 더욱 안타깝다. 조금 더 이생에 계셨더라면 우리는 더 크게 울리는 말씀을 들을 수 있었을 것이다. 나는 스님을 생전에 뵌 적이 없다. 그러나 그 향기를 느낄 수 있다. 이제 스님이 퍼트린 맑고 향기로운 씨앗을 내 마음속에 심는다. 스님이 젊은 시절부터 자신을 어떻게 가꾸고 꽃피웠는지, 그 모습을 하나둘씩 떠올려본다.

나는
백과사전이

아니다

나는 기억력이 별로다. 솔직히 말하면 머리가 좋지 않다. 그러니 웬만한 정보들은 오래 남아 있지 않고 금세 지워진다. 학교에서 배운 것들도 대부분 머릿속에서 사라졌다.

수학 _ 삼각형의 면적을 내는 공식이 뭐였더라. 미분이며 적분이며 하면서 골머리를 썩었던 복잡한 공식과 이상한 기호들은 도대체 어디로 갔나. 학원과 과외와 독서실을 쳇바퀴처럼 돌며 돈과 시간과 정성을 들인 것이 너무 억울하다. 한마디로 본전 생각난다.

화학 _ 그렇게 달달 외웠던 원소기호와 주기율표가 백지가 됐다. 주기율은 뭐더라.

역사 _ 국사든 세계사든 연대기를 줄줄 외우고, 문제마다 답이 척척 나왔다. 그런데 지금은 흔적만 희미하다. 성능이 떨어지는 머리로 무조건 외우기만 했으니 그럴 수밖에 없다.

이뿐인가. 생물, 지리, 사회, 기술, 도덕, 음악, 미술, 독일어 등등 아주 많은 과목을 배웠지만 뭘 배웠는지 잘 모르겠다. 당연히 뭘 잊어버렸는지도 잘 모르겠다. 교과서에 멋진 시와 수필도 있었던 것 같은데 이상하게 남아 있는 게 없다. 그렇다고 살아가는 데 불편한 건 없다.

매우 드물지만 학교에서 잘 배운 것도 있다.

> 한자 _ 이건 꼭 필요하다. 이걸 '가르쳐야 한다', '아니다' 하며 말이 많지만 내 생각에는 반드시 가르쳐야 한다. 우리말 사랑을 위해서도 한자는 알아야 한다.
>
> 영어 _ 이건 토를 달 필요가 없겠다. 모르면 세상을 넓게 살 수 없다. 그래서 20년은 족히 배웠다. 하지만 지금도 들리지 않는다. 들리지 않으니 입도 열리지 않는다.

학교에서 배운 것 중 쓸데없이 메모리를 잡아먹고 있는 것도 있다. 예컨대 국민교육헌장. 이건 지금도 자동이다. "우리는 민족중흥의 역사적 사명을 띠고 이 땅에 태어났다. 조상의 빛난 얼을 오늘에 되살려…." 국기에 대한 경례도 기억 속에 건재하다. "나는 자랑스런 태극기 앞에…." 그나마 이런 것들은 시대적 당위가 있었다고 하자. 여기서 한참 더 나간 유신 독재헌법이며 살벌한 반공 이데올로기, 구타와 서열을 부추기는 군대문화들은 다시 뒤집어 생각하느라 그 귀한 청춘의 에너지를 많이도 소진해버렸다.

하지만 아직도 허공에 붕 뜬 허망한 이론과 주의 · 주장, 아무짝에도 쓸데없는 쓰레기 정보들이 머릿속을 꽉 채우고 있으니 안 좋은 머리가 더 복잡하고 흐릿할 수밖에 없다. 나는 '백과사전'이 아니다.

그럼 지금 내 머릿속에 생생하게 남아 나를 움직이고 있는 것은 무엇일까. 그것은 내가 좋아서 스스로 한 공부다. 내가 좋아서 읽고 생각하고 느낀 것이다. 내가 원해서 보고 듣고 감동한 것이다. 불행하게도 그중 학교 과목에 들어 있던 것은 거의 없다. 학교는 내가 원하는 것을 깨우치는 데 관심이 없었다. 이게 나의 경우에만 해당하는 것이 아니라면 '평준화'니 '차별화'니 하며 세상이 시끄러운 교육정책 논란도 사치다. 그것은 시험성적만으로 우열반을 만드느냐 마느냐의 문제일 뿐이다. '특목고'라는 것도 외국어고니 과학고니 간판은 그럴듯하지만 사실은 성적순으로만 차별화했을 뿐이다. 개성과 다양성과 상상력을 담아내지 못하는 학교는 싸구려 학생을 찍어내는 '잡학공장'일 뿐이다.

단신
루저의

외침

어떤 1등급 미녀가 "키가 180센티미터가 안 되는 남자는 루저"라 했다니 길이가 조금 모자라는 나로서 어찌 섭섭한 마음이 없으리오. 나는 1등도 아니고, 꼴등도 아니며 그 중간 어디쯤에서 나름 신나게 살려고 하는데 이곳저곳에서 나를 루저라 하고, 물 먹었다고 수근대니 아무리 흘려들으려 해도 신경이 곤두서는구나. 그래서 오늘은 나도 1등 승자들에게 한소리 해야겠다.

수십 년 살아보니 한 번 1등이 평생 1등이 아니고, 평생 1등이 평생 행복한 것도 아니더라. 그런데 그 1등을 못해 모두 죽을 둥 살 둥 사니 그 삶이 온전할 리 없다. 1등이란 게 결국 딱 1명이고 나머지는 전부 '루저'이니 이 얼마나 살벌한 게임인가. 그런데도 1등이 아니면 살아남을 수 없다, 초일류만이 살길이다, 2등은 없다, 3등은 더더욱 없다 자나 깨나 이런 얘기들뿐이어서 어디 마음 편히 둘 곳이 없다.

그래도 내가 자존심이 있지. 머리띠 두르고, 눈에 불 켜고, 이 악물고 노력 노력해서 1등을 했다고 치자. 그 1등의 기쁨도 잠시. 1등 게임은 2부, 3부,

4부로 끝없이 이어지는데 무림에 고수가 하도 많아 도무지 정신을 차릴 수 없다. 1등은 2등부터 꼴등까지 하나같이 물리치려고 벼르는 대상이니 그것이 칼날 위에 선 것과 무엇이 다르리오. 간발의 차로 선두를 놓친 2등은 1등에 이를 갈고, 3등은 2등에 이 갈고, 4등은 3등에 이 갈고 이런 식으로 물고 물리는 경쟁의 길고 긴 줄이 삶의 족쇄가 되어 숨이 막히는구나.

하지만 다시 생각해보면 지금껏 1등만 살고 나머지는 못 산 적이 한 번도 없었다. 1등도 살고, 2등도 살고, 3등도 산다. 그뿐인가. 꼴등도 살고, 끝에서 두 번째도 살고, 끝에서 세 번째도 산다.

대학 졸업해서 사회생활 하다 보면 중고등학교 때 공부는 축에도 못 끼고 비실대던 선수가 갑자기 화려하게 삶의 무대에 등장하고, 그때 1등 하던 선수는 그냥저냥 살지 않던가. 이 정도야 누구나 다 겪어보았을 터인데 어째서 그 1등 게임의 굴레를 벗어던지지 못하는지 모르겠다. 자기만 그런 것도 아니고 아예 대를 물려서 자식에게 1등 1등 1등을 외치고, 오로지 1등 아니면 안 된다, 일류 아니면 안 된다, 영어도 일류, 수학도 일류, 국어도 일류 이렇게 몰아붙이니 참으로 IQ가 의심스럽다. 아무리 그래보았자 1등은 단 한 명인데 아들딸이 반에서 30, 40 등을 해도 다른 길을 찾아줄 생각은 안 하고 무조건 국영수로 1등을 만들려 하니 모든 비극이 여기에서 잉태하는 것 아닌가.

아무튼 이런 피 말리는 1등 게임에서 남들이 감히 넘보지 못하는 영웅적 승자가 됐다고 하자. 그런 사람이 '스카이' 대학에 가고, 재력, 권력 쥐고, 엄친아·엄친딸로 만나 훌륭한 가정을 이뤘다고 하는데 그들이 행복하다는 얘기는 별로 들어보지 못했다. 그 행복이 워낙 나와는 차원이 다른 것이어서 그런가. 당사자 주변에 누가 될까 매우 조심스럽지만 오늘만큼은 그냥 탁 까놓고 얘기해보자. 우리나라 권력 1등, 대통령이 퇴임 후 자살을 했고, 1등 재벌가의 따님이 목숨을 끊었다. 2등 재벌가의 적통 회장님은 회사에서 투신했다. 만인의 연인 최진실이 자살을 하더니 그에 뒤질세라 유명 스타들이 줄줄이 그녀의 뒤를 따른다. 이름만 열거해도 한두 줄이 넘을 정도다. 어떤 재벌은 TV 광고에서 "우리는 사업보다 사람을 키운다"고 미사여구를 읊는데 그 집안 형제들은 재산다툼에 의를 끊고 목숨을 끊는다.

이렇게 삶을 헌신짝처럼 버리는 1등들의 비애를 180센티미터가 안 되는 단신 루저인 나는 도무지 이해할 수가 없다. 1등 1등 하며 성적과 랭킹만 따지고 살았지 삶을 생각해볼 겨를이 없었나. 1등에서 한 발짝만 처져도 스트레스를 감당하지 못해 우울증에 빠지고, 자살 충동을 느끼고, 그러다 팍 죽어버리는 것인가. 그렇다면 신이 편애하는 1등의 발꿈치만 쫓아다닌 소외된 루저들은 어찌 살라는 것인가. 그래서 결국 선진국 클럽이라는 OECD의 국가 중에서 한국이 자살률 1위가 됐다고 하니 이것도 1등은 1등인가.

1등 아니면 안 된다, 일류 아니면 죽는다, 이렇게만 외치다가는 1등도 못 살고, 나머지 2등에서 꼴등도 못 산다. 1등부터 꼴등까지 모두 인생 낙제생이 된다. 아! 이 뼈저리게 아픈 '1 · 등 · 病'이여.

저는
지금 아프면

안 되거든요

"저는 지금 아프면 안 되거든요."

건강검진을 받으러 갔더니 누군가 이런 말을 한다. 그거야 나도 마찬가지다. 나도 지금 아프면 안 된다. 하지만 그게 내 맘대로 되는 일인가. 내 맘대로 된다면 안 아픈 게 가장 좋다. 아프려면 쉬는 날을 골라서 아파야 한다. 쉬는 날에도 할 일이 많아 아프면 안 된다고? 맞다. 그렇다면 이다음에 일 없을 때 아파야 한다. 다들 일에 매여 빠듯하게 살다보니 함부로 아프지도 못한다. 아프면 큰일 난다. 지금 아프면 안 된다는 말은 아마 다음과 같은 뜻일 것이다.

1. 나는 버텨야 한다.
2. 지금 무너지면 안 된다.
3. 뒤처지면 안 된다.
4. 경쟁에서 지면 안 된다.

5. 돈 못 벌면 안 된다.

6. 일 못하면 안 된다.

7. 병원 갈 시간 없다.

8. 병원 갈 돈도 없다.

지금 아프면 안 된다는 말에 깔려 있는 이 많은 두려움. 그것이 1년에 한 번씩 건강검진 때만 되면 활성화된다. 지난 1년간 죽도록 몸을 혹사했으니 어찌 불안하지 않을까.

바짝 긴장한 사람들이 여기저기 사진을 찍고 내시경으로 이곳저곳 다 훑는다. 나도 이런저런 검사를 받다보니 어딘가 고장이 나 있을 것 같아 덜컥 겁이 난다. 검진이 겁난다며 미적대는 사람들이 이런 심정이겠지. 건강검진은 정말 어려운 시험이다.

시험 결과는 합격, 불합격, 조건부 합격 이렇게 세 가지다. 합격한 사람들은 지난 1년을 무사히 버틴 강골들이다. 그들은 다시 1년을 뛸 수 있는 자격이 있다. 그러니 얼마나 좋을까. 불합격은 지금 아프면 안 되는 사람들이 버티지 못하고 무너지는 경우다. 조건부 합격은 '옐로우카드'다. 이런 경고를 받은 사람들은 한동안 조신한 생활로 돌아간다. 술도 끊고, 담배도 끊고, 운동도 한다.

그런데 조금 지나고 보면 대부분 원위치다. 언제 그랬냐는 듯 이전 모드로 되돌아가서 스트레스를 팍팍 받으면서 정신없이 달린다. 성공을 위해, 풍족한 삶을 위해, 훌륭한 부모가 되기 위해, 1등 아이들을 만들기 위해

철인처럼 달린다.

　돈 잘 버는 아빠, 멋진 엄마, 공부 잘하는 학생, 우아한 생활… 이래야 행복할 수 있다는 화려한 이미지들이 그들을 유혹하고 욕망과 절망을 동시에 부추긴다. 그 욕망과 절망이 병을 부른다. 많은 사람들이 내일의 행복을 위해 오늘 기꺼이 일중독, 스피드 중독에 빠진다. 틈이 나면 불안하다. 한가하면 중요한 일에서 소외된 것 같다. 그래서 서로 약속을 잡으려고 안달이다. 그 약속은 비즈니스를 위한 거래요, 교제요, 사교다. 그런 사교로 스케줄을 꽉꽉 채운다. 약속들이 굴비마냥 줄줄이 엮여 있다. 그러니 집에 가면 퍼진다. TV를 켜놓고 아무 생각 없이 빈둥대다 아침이면 허둥대면서 다시 일을 시작한다.

　버거운 하루에 나를 돌볼 겨를이 없다. 나 자신을 위한 시간이 없다. 자신을 잊은 공허함을 값싼 자극들로 달래며 몸을 축낸다. 그러나 쓰러지면 안 된다. 지금 행복하지 않다 해도 오늘의 일을 무사히 마치는 것, 약속과 약속으로 이어진 시간들은 무사히 넘어서는 것이 급선무다. 건강검진에서는 이런 일상과 심리의 건강성은 따지지 않는다. 오로지 첨단기술을 동원한 화면과 복잡한 수치로 정상·비정상을 가린다. 그래서 뭔가 이상하면 다시 검사, 또 검사다. 그래도 이상하면 약, 그래도 안 되면 수술이다. 내 일상과 마음의 건강검진은 오직 나만이 할 수 있다.

나 자신을 위한 시간이 없다.

당신의 하루는 안녕하신가?

노래방

스타

노래방에 가면 그 사람을 알 수 있다. 우선 '분위기 메이커'와 '아이스맨'이 있다. 남이 뭐라 하든 신나게 목청을 돋우는 '소신맨'과 남이 뭐라 할까 신경이 곤두서 목소리가 잦아드는 '소심맨'이 있다. 쉬지 않고 노래를 뽑는 '막가파'와 끝까지 마이크를 물리치는 '점잖파'가 있다. 또 줄기차게 '18번'으로 버티는 '보수파'와 공격적으로 신곡을 취입하는 '개혁파'가 있다. 빠른 곡을 즐기는 '댄스족'이 있고, 발라드와 블루스를 좋아하는 '무드족'이 있다. 박자와 가사를 중시하는 '형식파'가 있고, '필' 앞세우는 '감정파'가 있다. 이뿐인가. 뽕짝 전문, 코러스 전문, 탬버린 전문 등등 그야말로 취향도 제각각이다.

노는 방식도 여러 가지다. 실력으로 좌중을 압도하는 '정통파'가 있는가 하면, 적절한 선곡으로 시선을 움켜잡는 '전략가'도 있다. 분위기를 주도하는 '리더'가 있고, 조용조용 표 안 나게 노는 '실속파'가 있다. 물론 맹숭맹숭 놀지 못하는 '허당'도 있다. 이러니 노래방에서 신입사원 면접도 해볼 만하다. 짧은 시간 안에 이만큼 성격 파악이 용이한 방법도 없을 것이다.

하지만 나는 노래방을 좋아하지 않는다. 어쩌다 분위기에 휩쓸리면 모를까 맨 정신에 제 발로 노래방을 찾지는 않는다. 무대에만 서면 가슴이 두근거리고, 머릿속이 하얘지는 '소심맨'이기 때문이다. 그나마 노래방 면접을 하는 곳이 많지 않은 것이 나로서는 다행이다.

노래방 스타가 어찌 '허당'의 아픔을 알까. 그래도 피할 수 없는 상황에서 노래방을 들락이다 보니 나름대로 생존술을 익히게 된다.

첫째, 겉돌기보다는 노는 쪽에 가담한다. 그게 덜 피곤하다. 둘째, 자기 차례를 피하지 않는다. 어차피 피할 수 없다. 셋째, 화면에 흐르는 가사와 박자를 끝까지 본다. 집중해야 실수를 줄인다. 넷째, 18번 레퍼토리를 늘린다. 그러면 대처 능력이 생긴다. 다섯째, 분위기에 맞지 않아도 자신 있는 곡으로 승부한다. 그래야 실패 확률이 줄어든다.

이 정도면 웬만큼 버틸 만하다. 그러나 이게 완전한 처방전은 아니다. 내가 왜 노래방을 꺼리게 됐는지 속 깊은 원인을 따져 봐야 처세술을 넘어선 답이 나온다.

노래방 허당의 문제는 크게 욕심과 두려움이다. 욕심은 더 잘하고, 더 잘 보이고자 하는 것이다. 진짜 내 모습을 보이는 것이 아니라 남들 보기에 잘난 것 같은 모습을 보이고, 그것으로 우월감을 느끼려는 욕망이다. 두려움은 '잘 보이지 못하면 어떡하나' 하고 걱정하는 것이다. 그러니 욕망이 크면 두려움도 크다.

하지만 두려움의 뿌리는 더 깊다. 치열한 경쟁사회에서 잘 보이지 못하면 실패하고 낙오한다. 노래방 면접이 바로 그런 것 아닌가. 우리는 끊임없이 우열을 가리고 성적을 매기는 세상에 살면서 마음속 깊은 곳에 욕망과 두려움을 함께 키운다. 그 욕망과 두려움의 메커니즘이 노래방에서도 예외 없이 작동한다. 남보다 잘해야 하고, 잘못하면 '인생 실패'의 쓴맛을 봐야 한다. 이렇게 생각하니 제대로 노래가 나올 리 없다. 자신을 드러내고, 서로 어울리지 못한다. 갈등을 풀고 정을 나누지 못한다.

욕심을 버리는 일은 즐겁게 놀기 위해서도 필요하다.

이효리와
이영애에게

홀리다

마침내 거실에서 TV를 몰아내고 서재를 꾸몄다는 후배 이야기에 감탄한 적이 있는데 그때뿐이다. 그를 본받아 TV를 빼기는커녕 새것으로 바꾸고 말았다. 첨단 디지털 TV에 혹해 매장에 가보니 서재 대신 TV가 나를 사로잡는다. 사러 갈 때는 '적당히 크고 비싸지 않은 것'이 1순위였지만 역시 그때뿐이다. 처음엔 102센티미터40인치 정도면 되겠다 싶었는데 그 옆의 107센티미터42인치가 눈길을 끌고, 화끈하게 117센티미터46인치는 어떨까 하는 식으로 마음이 바뀐다. 디지털 TV도 100만 화소 HD급과 200만 화소 풀HD급이 있는데 자세히 보면 화질이 다르다는 설명에 또 한 번 마음이 흔들린다. 기왕 쏘는 것 제일 크고, 제일 좋은 것으로 해야 나중에 후회 안 하지!

가만히 따져보니 가격대도 절묘하다. 102센티미터에서 10만 원 정도 얹으면 107센티미터다. 117센티미터는 좀 많이 얹어야 하는데 "전시용 상품이 있다"며 매혹적인 가격을 제시한다. 이러니 누가 그 상술에 넘어가지 않을까.

욕망의 상승구조를 정교하게 공략하는 마케팅 기술이 비단 TV에만 통하랴. 자동차 '아반떼'를 사러 간 사람이 '쏘나타'를 사고, '쏘나타'를 사려던 사람이 '그랜저'를 사게끔 되어 있다. 요즘에는 '그랜저'를 사려던 사람이 "30만 원만 더 얹으면 된다"는 유혹에 일제 '어코드'를 산다고 한다. '그랜저' 대신 일본판 '쏘나타'를 사고 좋아라 하는 셈이다.

아파트는 어떤가. 모델하우스에서 방 2칸짜리를 보다 그 옆의 3칸짜리를 보면 갑자기 2칸짜리에서는 못 살 것 같다. 그 옆의 4칸짜리를 보면 '저쯤은 돼야 평생 살지' 하며 마음이 한 번 더 동한다.

내가 아는 한 '오디오광'은 앰프와 스피커에 수천만 원을 쓰고, 최근에는 튜너를 새로 바꿨다. 그런데 그 명품 튜너가 FM 전파를 잘 잡지 못해 속을 썩이자 안테나로 다음 목표를 바꿨다. 최고의 음질을 잡아내는 안테나를 장만하느라 몇 달을 씨름하다 보니 도무지 음악이 귀에 들어오지 않는다. 튜너와 안테나에 사로잡혀 음악을 듣는 마음이 닫혀버린 것이다. 수천만 원짜리 오디오가 천상의 소리를 들려준다고 한들 들을 여유가 없으면 무슨 소용인가.

이쯤 되면 내가 오디오를 누리는 게 아니라 오디오가 나를 휘두르는 것이다. 사실 오디오에 집착할 때부터 음악은 뒷전으로 밀렸을 가능성이 높다. 나의 존재를 음악이 아니라 오디오란 물건에서 더 진하게 느끼는데 어떻게 음악이 다가오겠나.

평생 크고 좋은 집 타령을 하는 사람이라면 그 역시 집에 사로잡힌 사람이다. 그러니 집이 그를 소유하고 그를 마음대로 휘두를 것이다. 그는 그림같이 아름다운 집을 가져도 결코 그 집에서 편히 살지 못할 것이다. 그를 사로잡는 더 크고 좋은 집이 여전히 많을 테니까.

지금 당장 주변을 둘러봐도 온통 우리를 사로잡는 것들이다. 태어날 때부터 죽을 때까지 평생 광고가 우리 곁을 따라다닌다. 이 집에 살고, 이 차를 몰고, 이것을 쓰라고 아름다운 미녀가 윙크하고 유혹한다. 스타란 스타는 모두 광고모델이 되어 이거 사라, 저거 사라 속삭인다. 나는 '슈퍼 지름신' 이효리와 이영애에게 홀려 정신을 잃고 열심히 지른다.

물건에 사로잡히는 것은 나의 욕망이다. 그런데 그 욕망은 만족을 모른다. 나이와 수입과 지위와 기분에 따라 유행품목과 가격대를 바꿔가며 끝없이 탐하고 지르고 소비한다. 그 과정에서 내 삶도 소비하고 소모한다.

땅에서 멀어지면
병원에

가까워진다

어느 날 갑자기 암 선고를 받았다. 말기이고 수술도 늦었다고 한다. 영화나 소설에 많이 나오는 얘기다. 당신이라면 어떻게 하겠는가?

사실 남의 일 같지 않다. 매일 스트레스를 달고 사니 막연한 불안감이 따라다닌다. 감기만 걸려도, 배탈만 나도 가슴이 덜컥 내려앉는다. '내가 이러다 큰 탈 나지!' 정말 큰 탈이 나면 나는 산으로 가겠다. 산에서 암과 마지막 승부를 걸겠다.

얼마 전 TV에서 이런 내용을 다룬 다큐멘터리를 보았다. 말기 암의 막다른 골목에서 산으로 간 사람들, 거기서 암을 이겨낸 대여섯 명의 투병기가 흥미진진하게 전개된다.

그들의 몸에서는 'NK세포Natural Killer cell'가 급격히 늘어난다. NK세포란 암세포만 골라서 죽이는 암 전문 킬러다. 부작용 없이 생명을 살리는 천연 항암제다. 이 자연살해세포가 기적을 만든다. 그들의 몸에서 죽음의 그림자가 물러간다. 대신 생동하는 힘이 느껴진다.

그들이 NK세포를 키우고, 암을 물리친 비결은 아주 간단하다.

첫째, 몸을 더 쓴다. 머리와 마음은 덜 쓴다.
둘째, 맑은 공기와 물을 마신다.
셋째, 무공해 채소와 열매, 곡식으로 웰빙 식단을 차린다.

혹시 이것 말고 다른 처방도 있었던가? 나는 찾지 못하겠다.

병마를 넘어 다시 찾은 삶. 그러나 그들은 산을 떠나지 않는다. 그곳에서 '인생 2막'을 시작한다. 욕심을 버리고 단순 소박하게 산다. 신나고 팔팔하게 산다. 그런 의미에서 그들은 행운아다. 그들 스스로도 그렇게 말한다.

"암 덕분에 새로운 삶을 알았다고, 산에서 행복을 찾았다고, 생활은 불편하지만 마음은 훨씬 편하다고, 도시로 다시 돌아가지 않겠다고."

다음은 『걸으면 살고 누우면 죽는다』는 책에 소개된 또 다른 일화.

어느 날 외교부 차관을 지냈던 신사 한 분이 강원도 방태산 자락의 한의사를 수소문해 찾아온다. 간암 말기로 달리 손쓸 방도가 없는 환자다. 한의사는 그와 함께 술을 마신다. 대신 술 마시는 룰이 있다. 한 잔 마실 때마다 반드시 욕을 하는 것이다. X새끼, X 같은 놈, 엿 같은 세상… 평생 외교 무대에서 매끄러운 말만 하고 살던 그 환자는 가슴속에 묻어두었던 거친 말들을 토해낸다. 울고불고 화를 내며 밤새 곤드레만드레 술을 마신다.

그런데 다음 날 아침 몸이 개운하다. 그에게는 술과 욕이 응급 처방이었던 것이다. 그는 그날부터 산에 오른다.

생명의 불꽃을 피우는 연료는

돈과 성공과 명예가 아니라

깨끗한 땅과 물과 공기다.

처음에는 기다시피 오르지만 날이 갈수록 힘이 붙더니 나중에는 펄펄 날아다닌다. 역시 땅을 가까이 하니 병원과 멀어진다.

그들이 산으로 간 것은 절박했기 때문이다. 다른 선택의 여지가 없었기 때문이다. 그러니 가족들도 절절하게 응원하는 마음으로 그들을 보냈다. 그들에게서 일상의 짐을 내려주었다. 죽으면 끝인데, 일단 살고 봐야지! 맞다. 생명보다 중요한 것은 없다. 생명이 다급한 순간에는 그것이 한눈에 보인다. 생명을 최우선으로 하면 다른 자잘한 문제가 저절로 풀린다.

산으로 간 사람들은 가물가물하던 생명의 불꽃을 되살리는 일에 집중한다. 그리고 깨닫는다. 몸을 더 쓰고, 머리와 마음을 덜 쓰는 게 무병장수하는 길이라고. 생명의 불꽃을 피우는 연료는 돈과 성공과 명예가 아니라 깨끗한 땅과 물과 공기라고.

이렇게 명백한 사실을 평소에는 놓치고 산다. 알고도 무시한다. 몸과 마음을 축내며 정신없이 앞으로만 내달린다. 욕망의 질주를 한다. 아차 하면 뒤집힐 것 같은데도 멈추지 못한다. 그러니 생명은 숨 막힌다. 생명의 불꽃은 시든다. 그러다가 진짜 마지막 순간에 정신이 번쩍 든다. 산으로 간 사람들처럼 막다른 절벽에서 황급히 유턴한다. 하지만 그것은 너무 무모한 인생 도박이다. 단 하나뿐인 생명을 놓고 그렇게 위험한 베팅을 하는 것은 바보 같은 일이다.

짬을 내고, 틈을 | 만들자

오랜만에 하늘이 눈에 들어온다. 가을 하늘이 맑고 깊고 푸르다. 세상이 드넓은 하늘 아래 있다는 걸 또 잊고 살았다. 모든 것을 담아내는 텅 빈 공간, 채워도 채워도 채울 수 없는 空, 만물의 배경, 그 아득한 하늘을 보니 가슴이 시리다. 아마 무한대의 하늘과 공명하는 주파수가 내 안에 있을 것이다. 하지만 도심의 좁은 하늘에 갇혀 두서없이 지내다 보니 교신이 잘 안 된다.

가을 풀벌레 소리를 듣는다. 그 소리가 처연하다. 창공으로 빨려 들어가는 소리다. 겨울의 침묵으로 이어지는 페이드 아웃fade out이다. 눈을 감고 귀를 연다. 새소리, 바람 소리, 낙엽 흩날리는 소리, 자동차 소리, 여기저기 수근거리는 소리…. 수십, 수백 개의 소리가 나를 감싸고 있다.

그 소리들이 어우러진 웅성거림, 나도 세상의 거대한 웅성거림에 동참하고 있다는 걸 또 잊고 살았다. 내가 있는 이곳에서 지구 반대편까지 어디서든 셀 수 없이 많은 소리가 끝도 없이 생겨났다가 사라진다. 그 소리를 담아내는 침묵, 모든 소리의 배경, 그 무한한 고요를 느끼니 역시 가슴이 시리다.

내 안에 텅 빈 하늘과 침묵에 공명하는 주파수가 있다.

내 마음에 빈틈을 내면 그곳으로 한 자락 바람이 불고, 꽃향기가 날릴 것이다.

평화로운 기운이 감돌 것이다.

텅 빈 침묵과 공명하는 주파수를 느낀다.

삶의 드라마가 아무리 흥미진진하고 파란만장해도 결국 영원한 시공간 속으로 흔적도 없이 사라질 것이다. 그러니 너무 안달하며 살지 말아야겠다. 울긋불긋하고 알록달록한 것들에 너무 마음 주지 말아야겠다. 내 안에 더 채우고 더 드러내려는 욕망만 있는 게 아니라 텅 빈 하늘과 침묵에 공명하는 또 다른 주파수가 있음을 잊지 말아야겠다. 그 주파수와 교신할 수 있도록 내 마음속에도 텅 빈 공간을 만들어야겠다.

어떻게 그런 공간을 만들 수 있을까? 꾸역꾸역 채운 삶들을 덜어내면 된다.

우선, 꽉 찬 스케줄부터 비운다. 일주일에 하루 이틀은 약속을 잡지 않는다. 그날은 '약속 없는 날'이다. 아니 나와 약속한 날이다. 나와 한 약속도 다른 사람과 한 약속만큼 중요하다. 어쩌다 생긴 빈 시간은 다른 일로 채우지 않는다. 항상 무엇이든 해야 한다는 강박증을 털어낸다. 빈 시간에는 아무것도 하지 않는다.

둘째, 속을 비운다. 덜 먹고, 덜 마신다. 나쁜 것들이 몸에 쌓이지 않도록 열심히 움직인다.

셋째, 가슴을 시원하게 한다. 가슴이 답답하면 크게 웃는다. 아니면 운다. 그것도 부족하면 소리를 지른다. 깊게 호흡한다.

넷째, 머릿속을 가볍게 한다. 잡다한 정보를 탐하지 않는다. 잡념을 줄인다. 복잡하게 생각하지 않는다. 웬만하면 긍정하고 받아들인다. 남의 일에 시시콜콜 간섭하지 않는다. 위보다는 옆과 아래를 보고 산다. 비교하고,

다투고, 이기려고만 하지 않는다.

다섯째, 덜 사고 덜 쓴다. 집이며 사무실이며 온통 잡다하게 쌓여 있는 것들을 치운다. 과감하게 버린다. 버릴 것이 별로 없을 때까지 버린다. 버릴 것이 많으면 새것을 사지 않는다.

여섯째, 틈틈이 여행한다. 여행길에서 일상의 굴레가 얼마나 번거롭고 무거운지 되새겨본다.

일곱째, 욕심을 줄여 마음에 넉넉함을 선물한다.

이렇게 하다 보면 아마 내 안에도 빈틈이 생길 것이다. 그 틈이 넓어지면 그 사이로 하늘이 열리고, 풀벌레 소리가 들릴 것이다. 너무 비좁아 옴짝달싹 못하게 된 일상에 한 자락 시원한 바람이 불 것이다. 그 바람에 나뭇잎이 흔들리고, 꽃향기가 날릴 것이다. 내 안에 평화로운 기운이 감돌 것이다.

돌이켜보면 집에서든 직장에서든 학교에서든 얼마나 무거운 짐들을 서로에게 지우고 살고 있는가. 그러니 짬을 내고, 틈을 만들자. 마음속에 빈터를 내자.

노브라
&

노타이

넥타이를 왜 맬까? 20여 년 넥타이를 매왔지만 나는 지금도 이유를 모른다. 이유도 모른 채 그 오랜 날들을 그냥 따라했다는 게 이상하다. 하지만 무작정 따라하는 게 넥타이뿐이랴. 먹고, 놀고, 일하는 일상이 거의 매뉴얼대로 따라하기다. 매일 면도 하고, 머리 빗고, 양복을 차려입는 것도 따지고 보면 남들 모양으로 따라하는 것이다.

그래도 면도하고 머리 빗고 양복을 입는 것은 실용적인 면이 있다고 치자. 그러나 넥타이만큼은 도무지 그 필요를 모르겠다. 혹시 급하면 손수건으로 쓸까 싶은데 아직까지 그런 적이 없다. 유사시 허리띠로 쓸 수도 있겠다 싶은데 그런 경우도 없었다. 한겨울 바람막이는 어떨까. 그거야 목도리를 두를 일이다. 가끔 진한 술자리에서 넥타이를 풀어 머리띠로 쓰는 사람을 보는데 내가 그런 적은 없다. 그러니 넥타이는 실용적인 면에서 정말 쓸데없는 물건이다. 쓸데없는 정도가 아니라 매우 해로운 물건이다. 목줄을 단단히 매어 숨통을 죄는 것이 몸에 좋을 리 없다.

그렇다면 넥타이는 왜 매나? 첫째는 아무 생각 없이 그냥 매는 것이고, 그다음은 그것이 뭔가 패션 감각이 있어 보이게 하기 때문일 것이다. 바로 이 패션 감각이 나는 불만이다. 도대체 누가 넥타이를 패션용으로 만들고, 그걸 부추기는지 참 고약하다. 유래를 찾아보니 1660년 루이 14세가 처음 그랬다고 한다. 그러고 보면 사람들이 패션 감각에 혹해 답답한 목줄을 달고 다닌 지 수백 년이나 됐다. 그러니 누가 거스르랴. 루이 14세, 짐의 오랜 뜻인 것을….

그런데 나는 이제 넥타이 매는 이유를 따지고 싶어졌다. 별것도 아닌데 별것인 양 당연시해 온 것들이 무엇인지 찾아내 걷어내고 싶어졌다. 인간은 과거 경험의 총체적 정보체다. 의식적으로 깨어 있지 않으면 입력된 정보대로만 생각하고 움직인다. 그 입력된 정보에 불필요하고, 소모적이고, 반생명적인 것들이 너무 많아졌다. 단순한 것을 아주 복잡하게 만들어버렸다. 알맹이가 잡동사니에 파묻혀버렸다. 다들 옷을 잔뜩 입고 버둥댄다. 갖가지 옷을 사들이고 그 옷에 주렁주렁 치장하느라 바쁘다. 집에서는 반바지 하나면 되는데 문밖을 나서려면 이런저런 장식들로 자신을 포장하느라 분주해진다. 집 안에서는 '옷차림에 무심한 나'로 있는데 현관문을 나서는 순간부터는 '나를 포장한 옷차림'으로 변하는 것이다. 그러니 차라리 모두 벌거벗고 만나면 얼마나 좋을까. 그렇다면 최소한 우리가 옷차림으로 전락하는 일은 없을 테니까.

물론 옷 잘 입으면 멋있다. 얼굴 뜯어고치면 예쁘다. 그 멋에 홀려 과시하고 과용한다. 그러나 결국 값비싼 겉멋일 뿐이다. 겉멋에 에너지를 쏟다 보면 내 안은 빈약해진다.

　나는 오늘도 넥타이 매고 일터로 간다. 오늘이 새날인가? 수십 년 아무 생각 없이 넥타이 매듯 항상 그날이 그날이라면 새날은 없다. 정해진 매뉴얼대로 살아서는 새로움을 볼 수 없다. 온전하게 이 순간을 즐길 수 없다. 낡은 정보에 갇혀 살 뿐이다. 숨 가쁘게 버느라 스트레스만 쌓일 뿐이다. 이리저리 쓰느라 정신만 산란할 뿐이다.

　누구나 자기 나름의 아름다움이 있으리라. 그러나 모두 똑같이 넥타이 매고, 양복 입고, 고단한 삶의 전투를 치른다. 유행과 패션을 쫓느라 여념이 없다. 쫓으면 그건 나의 아름다움이 아니다. 가짜다. 천연성이 사라진다. 이제부터는 넥타이 맬 때 정신 바짝 차려야겠다. 목줄에 목매지 말아야겠다. 아니, 날씨도 더운데 이참에 매뉴얼 좀 바꾸면 어떨까. 30도 넘는 날에는 '노브라 & 노타이'로.

수십 년 묵은 습관

버리기

근래 수십 년 된 습관 몇 가지를 버렸다. 순서대로 얘기하면 첫째는 담배다. 담배는 지난해 정초에 끊었으니 이제 만 2년이 되어 간다. 담배는 지금도 냄새가 좋다. 가끔씩 담배 연기 길게 내뿜으며 먼 하늘을 바라보고 싶다. 하지만 이번에는 실패하지 않을 것 같다. 이로써 나는 25년 피운 담배와 이별한다. 돌이켜보면 담배는 멋있게 보여서 시작했다. '나도 폼 나게 피워볼까!' 그러다가 결국 골초가 되고 사반세기를 끊지 못해 고생했다. 나는 이제 '멋있게 보이려는 마음' 하나를 접는다. 하긴 요즘에는 담배 피우는 것이 멋있어 보이지 않는다.

둘째, 넥타이. 이것도 지난해부터 매지 않는다. 목을 졸라매는 넥타이만큼 바보 같은 물건이 어디 있나. 그 넥타이를 사회생활 초년병부터 줄곧 맸으니 20년 만에 '목줄'을 푼 셈이다. 그동안 넥타이를 맨 이유는 간단하다. 남들이 다 매니까, 안 매면 눈치 보이니까! 하지만 남들이 다 맨다고 나까지 꼭 매야 한다는 법은 없다. 그래서 안 매기로 했다. 안 매니 편하다. 나는 이

나는 나의 삶을 사는 것인가,
타인의 삶을 사는 것인가?

제 '그냥 남들 따라하는 습관' 하나를 버린다.

셋째, 안경. 안경은 올봄에 벗었다. 시력이 특별히 좋아진 건 아니고, 수술을 받은 것도 아니다. 다만 원시가 오면서 책을 볼 때는 맨 눈이 더 편해 자꾸 안경을 벗고 쓰고 하다 보니 번거로워졌다. 그러다가 안경을 잃어버렸는데 그 참에 안경을 벗었다. 대신 먼 것은 덜 보이는 대로 살기로 했다. 가까운 것과 먼 것을 다 보려고 애쓰기보다는 한쪽을 덜 보기로 했다. 안경은 중학교 2학년 때부터 썼다. 그때는 안경이 멋있어 보였다. 하지만 이제 '멋있게 보이려는 마음' 또 하나를 접는다. 37년 만에 안경을 벗는다. 안경을 벗고 처음에는 적응이 안 되어 힘들었는데 이제는 별 문제없다. 안경도 상당 부분 습관의 문제다. 덜 보이는데 익숙해지니 그것이 나의 초점이 됐다. 이젠 안경을 잊고 산다.

넷째, 머리카락. 올 여름부터는 깎고 싶을 때만 깎기로 했다. 적당히 머리가 길면 깎아야 한다는 고정관념을 버리기로 했다. 이런 '반란'은 태어나서 처음이다. 머리를 길러보니 곱슬이 심해 바글바글하다. 나도 이 정도일 줄 몰랐다. 내 머리카락의 고유한 선이 드러나기 전에 항상 단정하게 잘랐으니 나도 모르는 것이 당연하다. 주변에서도 한마디씩 건넨다. "동남아 공연 다녀오셨나" 하는 사람도 있고, "영화감독 같다"는 사람도 있다. "불량스럽다"는 사람도 있고, "아침에 세수 안 하셨냐"고 묻는 사람도 있다. 그거야 보는 사람 마음이지만 나는 재밌다. 나도 다른 사람 머리 보고 내 마음대로 생각하니까 따지고 보면 공평하다. '그냥 남들 따라하는 습관'을 하나 버리니 사는 게 조금 더 재밌어졌다.

그러고 보니 머리 깎는 습관을 버리는 데는 전조가 있었다. 스프레이 안 쓰기. 머리카락이 머리에 꼼짝 말고 잘 붙어 있길 바라며 매일 아침 스프레이를 뿌린 지도 20년은 된 것 같다. 그런데 어느 날 갑자기 '왜 그래야 하나' 하는 의문이 번쩍 들었다. 헝클어진 머리에 무슨 문제가 있나? 사실 문제는 없다. 타인의 시선을 의식하는 게 문제일 뿐이다. 그렇다면 '남에게 멋있게 보이려는 마음'을 접는다. 머리카락에 자유를 준다. 앞으론 머리에 어떤 인공물질도 사용하지 않으리라.

남에게 잘 보이려고 쓸데없이 나를 옥죄는 습관이 이것뿐이랴. 옷 입는 것만 해도 '내가 편한 옷'보다 '멋있게 보이는 옷'이 항상 먼저다. 내가 옷을 입는 것인지 옷이 나를 입는 것인지 헷갈릴 정도다. 그러니 도대체 나는 나의 삶을 사는 것이냐, 타인의 삶을 사는 것이냐. 나의 삶을 살려면 버려야 할 묵은 습관이 아직도 수두룩하리라.

먹고 마시고
다이어트

한다

아름다운 서해 바다, 안면도 꽃지해수욕장의 모래사장이 사라지고 있다고 한다. 1년에 1.5미터씩 모래밭이 줄고, 거친 자갈밭이 드러나고 있다는 것이다. 온난화나 해수면 상승 같은 지구적인 환경재해 때문인가 했더니 그게 아니고 방파제와 해안도로 때문이란다. 무분별한 시설물이 조류의 방향을 바꾸면서 해수욕장의 모래를 쓸어가고 있는 것이다.

그래서 나온 답이 더 심각해지면 모래 유실 방파제를 만든다는 것. 하지만 그것 때문에 다른 곳의 모래가 쓸려 가면 또 다른 방파제로 해결할 것인가? 하긴 새만금 간척사업으로 갯벌이 사라지자 어딘가 새로 생기는 갯벌도 있을 것이라고 주장한 사람도 있었지.

이런 식의 해법은 우리 주변에 많다. 아니 우리는 이런 논리의 함정에 빠져 있다. 공기를 더럽히면서 공기청정기를 틀고, 물을 오염시키면서 정수기를 찾는다. 난방을 실컷 올린 다음 가습기를 켜고, 가습기가 지저분하면 곰팡이 제거제를 집어넣는다. 냄새가 나면 탈취제를 쓰고, 그것으로 부족하면 방향제를 뿌린다. 마구 먹고 마시면서 억지 다이어트를 한다. 그래도 안 되면 지방흡입술이 있고, 요즘 유행한다는 전신 성형수술이란 것도 있다.

잘 먹고 잘살자며 웰빙을 외치지만 그래서 하는 일이라는 게 결국 웰빙 상품을 소비하는 것이다. 값비싼 유기농 채소를 즐기기 위해 돈이 더 필요하고, 돈 벌다가 스트레스가 쌓이면 비타민과 보약을 찾는다. 그래도 몸이 아프면 병원을 찾고 이런저런 검사에 시달린 끝에 약을 먹는다. 그 약 때문에 속이 쓰리면 위장약을 먹고, 간에 부담이 가면 간장약을 먹는다.

이 산 저 산 마구잡이로 허리를 잘라 길을 내고, 산사태가 나면 방지턱을 쌓아 올린다. 산골 계곡마다 축대를 쌓은 다음 음식점과 별장을 짓고 물난리가 나면 축대를 더 높인다. 성난 물길이 홍수를 키우면 댐을 건설하고, 더 큰 홍수가 오면 더 큰 댐을 더 만들자고 한다. 분당과 안양 사이에 판교가 비었다며 아파트로 채우더니 판교 옆에 의왕이 한산한 편이라고 그곳을 채운다. 안양과 과천 사이에 있는 빈터도 가만히 놓아둘 리 없고, 송파, 성남, 구성, 김포, 오포, 파주, 검단 어디든 사이사이 빈 곳은 채우기 바쁘다. 그리고 답답하면 뽑아낸 나무를 다시 사서 심는다. 공원을 만들고, 덮어버린 개천을 뜯어낸다. 아무리 친환경 개발을 외쳐도 개발은 개발이고, 개발의 논리는 꼬리를 물고 이어지면서 확산된다. 개발하지 않으면 건설경기가 죽고, 건설경기가 죽으면 내수가 죽고, 내수가 죽으면 서민들의 벌이가 줄어드니 한번 시작된 개발은 절대 끝나지 않는다. 주춤하면 넘어지고, 멈추면 무너진다.

자연과 생명에 대한 존중이 없으니 이런 일은 아무 거리낌이 없다. 인간

외에 다른 생물은 공존의 대상이 아니라 인간의 입장에서 개발하고 관리하고 즐기고 보호하는 대상일 뿐이다. 아무리 잡아먹을 가축이라지만 비좁은 우리에 몰아넣고 피둥피둥 키워내기 바쁘다. 그러다가 병이 돌면 수백만 마리씩 '학살'을 자행하는 장면은 너무 끔찍하다. 여기에는 단지 시장과 먹을거리만 있을 뿐이다. 이렇게 자연과 생명에서 멀어져 빚어지는 문제를 과연 첨단 기술과 문명으로 온전하게 해결할 수 있을까.

지구의 산소창고인 아마존의 열대우림이 망가지고, 북극의 빙하가 녹아내리는 것도 겁나지만 그보다 먼저 걱정할 일은 우리가 안방과 앞마당에서 저지르고 있는 일이다.

TV를 <u>끄고</u>
인생을

켜세요

눈을 감으면 귀가 열린다. 나는 겨울 들판에 서서 바람의 소리를 듣는다. 새들의 지저귐을 듣는다. 새들의 수다는 요란하다. 참새는 참새끼리, 까치는 까치끼리 말한다. 때로는 참새와 까치도 얘기를 나누는 것 같다. 어떤 다큐멘터리를 보니 이 새들의 얘기가 상당히 구체적이라고 한다. 가령 이런 식이다.

참새 1 "야, 저 아저씨 또 온다."

참새 2 "아, 오늘 토요일이구나."

참새 3 "근데 그 뒤에 아줌마는 누구지?"

참새 1 "저 아줌마도 가끔 와. 오늘은 빨간 모자 썼네."

까치 1 "야, 조용히 좀 해. 메뚜기 도망간다. 하도 재잘거려 정신없잖아."

까치 2 "아무튼 쟤네들 시끄러워. 가까이하면 안 된다니까."

까치 3 "비상! 비상! 솔개 떴다."

새들의 대화가 과연 이런지 나는 알 길이 없다. 하지만 그렇게 생각하고 들으면 그런 것 같기도 하다. 눈을 감고 들으면 더욱 그런 것 같다. 눈을 감으면 열리는 침묵. 그 침묵 속에서 평소 놓치던 소리를 듣는다. 침묵과 어우러지는 세상의 웅성거림을 듣는다.

눈을 감으면 입이 닫힌다. 눈 감고 수다 떠는 사람은 없다. 나는 눈을 감는다. 입을 닫는다. 조용하고 편안하다. 침묵과 평화다. 그 사이로 스르륵 마음의 문이 열린다. 밖으로 향하던 에너지가 내 안으로 향한다.

눈이 소모하는 에너지는 대단하다. 다른 감각에 비할 바 아니다. 백 개의 귀가 한 개의 눈을 못 당한다. 백문불여일견百聞不如一見이다. 동영상에 필요한 메모리는 문자나 사진과는 차원이 다르다. 1초의 동영상은 20컷의 사진이다. 동영상 1분짜리를 보면 1,200개, 1시간짜리를 보면 7만2,000개의 사진을 보는 셈이다. 거기에 음성 메모리까지 더해야 한다. 뇌도 동영상만큼은 뒤쪽 아래 후두엽에서 전담 처리한다.

일상이 너무 빡빡하고 빽빽해서 삶이 버겁다. 조금이라도 덜어내야 여백이 생길 것 같다. 그래야 침묵을 느끼고, 새들의 대화도 엿들을 수 있을 것 같다. 덜 것은 수두룩하다. 올해는 그중 특히 한 가지를 덜기로 한다. '덜 보기'다. 실행방법은 두 가지다.

첫째, Turn off TV, Turn on Life! 어느 환경단체의 슬로건처럼 '텔레비전을 끄고 인생을 켠다.' 밖에만 환경오염이 심각한 게 아니다. 내 안도 심각하다. TV를 보는 것은 쉽다. 리모컨만 만지작거리면 된다. 아무 생각 없이 퍼져서 보는 것, 그것이 TV의 속성이다. 요즘에는 좋은 프로그램도 많아졌다. 하지만 일단 TV를 켜면 이것저것 가릴 것 없이 퍼져서 본다. 그사이 온 갖 잡다한 것들이 내 안으로 쉴 새 없이 밀려들어온다. 소란한 뉴스, 현란한 광고, 허접한 드라마, 싸구려 오락물, 과격한 폭력물, 야한 에로물 등등. 내 안은 그런 것들로 가득 차 어지럽다. 홍수가 져 둥둥 떠다닌다.

둘째, Close my eyes, Open my heart! 눈을 감고 마음을 연다. 눈 대신 마음을 작동시킨다. 마음으로 본다. 정보와 지식도 적당히 탐한다. 이것들도 다이어트가 필요하다. 좋은 것을 골라 소식하고, 가끔씩 금식하는 게 건강에 좋다. 그래야 메모리 여유 공간이 넓어지고 데이터 처리능력이 향상된다. 뇌 회로가 버벅대지 않는다. 눈을 감고 대뇌에 휴식을 준다. 과열을 가라앉힌다. 대신 마음의 문을 연다. 그 문을 여는 데 정보와 지식은 필요 없다. 그냥 조용히 눈을 감으면 된다. 눈에서 소모하던 에너지를 마음으로 보내면 된다.

눈을 감고 입을 닫으면

침묵과 평화, 그 사이로

스르륵 마음의 문이 열린다.

CHAPTER 02

삶에게 묻지 말고
삶의 물음에 답하라

:깨우기

인생 드라마

안내문

인생은 드라마다. 한 편의 드라마다. 나도 지금 찍고 있다. 이 드라마에는 3가지 원칙이 있다. 원칙에 예외는 없다.

> 첫째, 강제 출연이다. 누구나 얼떨결에 무대에 선다. 울면서 선다. 자기 의지로 웃으면서 세상에 나온 사람은 없다.
>
> 둘째, 모두 죽는다. 안 죽는 사람은 없다. 다들 빈손으로 왔다가 빈손으로 간다. 하지만 언제 죽을지 모른다.
>
> 셋째, 생방송이다. 재방송은 없다.

그렇다면 이 드라마는 어떤 장르인가?

일일연속극이다. 하루도 빼먹지 않는다. 쉬는 날이 없다. 밥 먹는 장면이 꼭 나온다. 전화하는 장면도 꼭 나온다. 매일 티격태격한다. 사랑하고 미워한다. 사건이 일어나고 갈등을 빚는다. 다투고 화해한다. 만나고 헤어진다. 울고 웃는다. 어제가 오늘 같다. 시시하고 지루하다. 은근히 재미있다.

사람에 따라 훨씬 극적인 내용도 나온다. 어떤 사람은 한 시대를 풍미하는 대하드라마를 쓴다. 또 어떤 사람은 감동의 휴먼스토리를 만든다. 서스펜스, 스릴러, 멜로, 어드벤처, 액션, 코미디, 판타지, 범죄, 포르노 등등 없는 게 없다.

매일 나오는 단골 등장인물은 가족과 친구, 직장사람 20여 명이다. 일주일에 한두 번 나오는 인물까지 합치면 50여 명, 한 달에 한두 번 나오는 인물까지 합치면 100여 명 정도 된다. 엑스트라는 무궁무진하다.

이 드라마의 스태프는 누구인가?

우선 제작자. 나는 아니다. 당신도 아니다. 그 누구도 아니다. 그래서 어떤 사람은 신이라 한다. 또 어떤 사람은 대자연이라고 한다. 나는 양쪽에 다 동의한다. 모든 드라마에는 제작자의 뜻이 깔려 있다. 그걸 진리라 하던가, 섭리라 하던가. 아니면 도라 하던가.

다음은 감독. 감독은 나다. 나는 내 드라마의 감독이자 주인공이다. 주인공은 대충대충 하려고 한다. 돈과 성공, 인기에 연연한다. 예쁜 출연자들에게 한눈판다. 그런데 감독이 영 부실하다. 주인공을 잘 다스리고, 이끌지 못한다. 명작보다 히트작을 좋아한다. 늘 예산 타령이다. 제작자의 의도를 간파하지 못한다. 히트작은 고사하고 졸작을 면해야 할 판이다. 그렇다고 감독을 바꿀 수도 없고, 고민이다.

2,400여 년 전, 나비 꿈을 꾸다가 깬 장자도 고민에 빠졌다. 자기가 꿈속에서 나비가 된 것인지, 나비가 꿈속에서 자기가 된 것인지 헷갈린다. 나

는 장자인가, 꽃밭을 노니는 나비인가? 나는 어느 세상에 어떤 역으로 출연했는가? 비몽사몽!

하지만 장자는 궁극적으로 자기와 나비가 하나임을 깨닫는다. 이른바 물아일체 物我一體다. 만물일체의 절대 경지에서 보면 장자도 나비도, 꿈도 현실도 구별이 없다. 너와 나는 다르지 않다. 같은 본성에서 피어난 아름다운 꽃들이다. 달리 보이는 것은 만물의 변화에 불과할 뿐이다.

'인생 9단' 장자는 절묘하다. 그는 이런 깨달음으로 제작자와 감독과 주인공을 일치시킨다. 하늘과 땅과 사람이 하나라는 천지인 사상도 같은 것이리라.

다음은 각본. 각본은 없다. 각본 없는 드라마다. 결국 죽는다는 것만 정해져 있다. 대부분 자기가 쓴다고 생각한다. 하지만 자기가 쓰는 대로 전개되는 드라마는 없다. 그런 드라마는 삶이 아니다. 인생은 항상 알 듯 말 듯하다. 그래서 누구는 수수께끼라고 한다. 또 누구는 신비라고 한다. 수수께끼라면 머리 싸매고 풀어야 한다. 신비라면 감탄하고 즐기면 된다. 그렇다면 즐기자. 풀지 말고 즐기자. 기왕이면 신비라고 하자.

† † †

조용필은 21세기가 간절히 원해서 이 세상을 살고 있다고 노래했던가. 하지만 나는 무엇이 날 간절히 원하는지 모른다. 세상에 왜 왔는지 모른다. 아마 신의 뜻이리라. 우주의 뜻이리라.

누구나 얼떨결에 인생 무대에 선다. 자기 의지와 상관없다. 물론 그렇지 않다는 가르침도 있다. 불가에서 생은 내가 쌓은 업과 인연에 따라 윤회한다. 억만 겁의 윤회를 벗어나는 것, 그것이 해탈이다. 윤회에서 벗어나면 인생 드라마에 출연하지 않을 수 있다. 이번 생의 고해 苦海 드라마가 너무 버겁다면 이 길을 잘 모색해보자.

생전에 그 방법을 다 깨우치지 못하면 어쩌나? 나는 또 원치 않는 드라마에 출연해야 하나? 다행히 사후에 한 번 더 기회가 있다. 죽어 보지도 않고 어떻게 아냐고? 앞서 돌아가신 티베트 사자死者의 길 안내가 있지 않은가. 그는 사후 49일간의 여정을 생생히 전해준다. 이 저승길에 각자의 업에 따라 여러 가지 형상과 빛, 소리가 나타나는데, 이때 어떤 선택을 해야 윤회에서 벗어날 수 있는지 가르쳐준다. 한마디로 업의 힘에 이끌리지 말고 진리의 안내를 따르라는 것. 이 모범답안을 잘 숙지하자. 죽는 순간 다 까먹을 것 같다고? 그렇다면 마지막 문제라도 가슴에 진하게 새겨두자. 최후의 찬스를 놓치지 말자. 다음은 마지막 문제.

"당신은 이제 교합 중인 한 쌍의 남녀를 볼 것입니다. 그들이 보일 때 그들 사이에 끼어들지 않도록 단단히 마음을 다잡으십시오. 그들을 부처와 그 배우자로 생각하고 바라보면서 경건한 마음으로 예배하고 그들의 축복을 간청하는 자신의 모습을 상상하십시오. 그러면 자궁 속으로 들어가지 않을 것입니다."

이것도 믿지 못하겠다고? 사실 나도 잘 모른다. 나에게 인생은 강제 출연이고, 퇴장도 별로 다르지 않다. 나는 언제 어떤 식으로 퇴장명령을 받을지 모른다. 죽음은 항상 내 곁에 있지만 도무지 종적이 묘연하다. 삶의 그림자인 죽음을 놓치고 사니 삶이 얼마나 빛나는지도 놓치고 만다.

그래도 퇴장은 입장보다는 덜 불공평하다. 인생 경기가 너무 괴로워 도저히 참을 수 없을 땐 독한 맘먹고 퇴장해버릴 수 있다. 죽어버리면 된다. 자살도 있고, 안락사도 있지 않은가. 자살만은 안 된다고? 그것은 반생명적 폭거라고? 다음에 또 태어난다고?

아무튼 나에게 죽음을 선택할 권한이 조금이라도 있다면 나는 그것을 최대한 누려야겠다. 나는 늙어 죽겠다. 평생 신나게 살다가 편히 죽겠다. 당신도 그렇다고? 그렇다면 미국의 자연주의자 스코트 니어링의 죽음에서 한 수 배우자.

이분의 죽음은 더 덧붙일 것 없이 완전하다. 그는 100세 생일 한 달 전 단식을 시작해 45일간 평온하고 조용하게 죽음을 맞는다. 그는 생명이 육체를 떠나는 모든 죽음의 순간을 밝은 의식으로 경험한다. 그는 유서에서 미리 당부한다.

"나는 단식을 하다 죽고 싶다. 그러므로 죽음이 다가오면 나는 음식을 끊고, 할 수 있으면 마찬가지로 마시는 것도 끊기를 바란다. 죽음은 광대한 경험의 영역이다. 나는 힘이 닿는 한 열심히, 충만하게 살아왔으므로 기쁘고 희망에 차서 간다. 죽음은 옮겨감이거나 깨어남이다. 모든 삶의 다른 국면에서처럼 어느 경우든 환영해야 한다."

그의 아내 헬렌은 그의 죽음을 3인칭 형식을 빌려 다음과 같이 적었다.

"스코트는 훌륭한 일생을 살았으며 훌륭한 죽음을 맞았다. 그이는 순간순간 최선을 다해 살았으며, 평온하게 죽었다. 그이는 바라던 대로 집에서,

약물이나 의사 없이, 병원에서처럼 제한을 받지 않고 헬렌이 자리를 함께한 가운데 갔다. 헬렌은 그이가 잘해온 것에 기쁜 느낌을 가졌다.”

　　그의 죽음은 감동적이다. 숙연함과 경건함이 있다. 묵직한 삶의 무게가 느껴진다. 하루 잘 살면 잘 잘 수 있다. 평생 잘 살면 잘 죽을 수 있다. 잘 살아야 잘 죽는다. 웰빙이 웰다잉이다. 웰다잉으로 인생 드라마는 완성된다.

† † †

내 인생 드라마는 ‘짝퉁’이다. 수십 년 열심히 찍는다고 찍었는데 지금 보니 완전 짝퉁이다. 진짜가 아니다. 베낀 것이다. 베껴도 원본을 베낀 게 아니라 짝퉁의 짝퉁을 베낀 것 같다. 짝퉁은 깊이가 없다. 감동이 없다. 진심이 없다. 영혼이 없다. 아! 허망하다.

　　얼마나 짝퉁인가. 지금까지 찍은 필름을 되돌려본다. 젖 먹던 시절이야 아는 게 없으니 건너뛰자. 기억이 어렴풋한 대여섯 살 즈음에는 행복했다. 잘 놀고, 잘 먹고, 잘 컸다. 대신 말도 잘 들었다. 무엇을 하고, 무엇을 하지 말아야 하는지 가르쳐주는 대로 잘 따랐다.

　　학교에 가서는 보다 강력한 심화학습을 받았다. 할 것과 하지 말아야 할 것이 더욱 분명해졌다. 할 것도 어떤 것부터 해야 하는지 그 순서를 배웠다. 어떻게 예의범절을 갖추고, 법과 질서를 지키는지도 배웠다. 이런 것들을 지키지 않으면 어떤 벌을 받는지도 알게 됐다. 그 벌이 얼마나 아프고 쓰린지도 맛보았다. 어떤 게 좋고, 멋있는지에 대해서도 코드를 맞췄다. 이 엄격하고 숨 막히는 학습과정을 모범적으로 이수했다. 남들과 똑같이 공부하고,

똑같이 생각하고, 똑같이 고민하고, 똑같이 성장했다. 상식이 통하게 됐다. 그 이후 군대 가고, 취직하고, 결혼하고, 가정을 꾸미는 과정은 생략한다. 아마 당신도 똑같을 테니까. 나는 내 드라마를 찍는다고 찍었는데 그것이 당신의 드라마와 다르지 않다. 어느 것이 원본인지 모르겠다. 모두 비슷비슷한 짝퉁이다. 삼류 애정소설 같다. 싸구려 무협지 같다. 주인공의 이름만 다를 뿐 이야기 구조는 똑같다.

시나리오의 얼개는 다음과 같다. 강호는 치열한 생존경쟁의 장이다. 팽팽한 긴장이 흐른다. 전투가 격렬하다. 모든 전투는 시장으로 통한다. 이름하여 '세계 경제전쟁'이다. 이 전투에서는 돈을 많이 버는 쪽이 이긴다. 하지만 돈 벌기가 쉽지 않다. 무림 고수들이 격돌한다. 병사들은 지치고, 사상자가 속출한다. 승자들도 고단하다. 벌어도 벌어도 더 벌어야 하기 때문에 도무지 끝을 낼 수가 없다. 끝없는 소모전에 지구는 황폐해진다. 지구는 그것을 감당하기 어렵다. 지구의 다른 생명들도 인간의 전투에 유탄을 맞고 위기에 몰린다.

어둡고 비관적인 스토리! 모두 이 각본에 근거해 자기 인생 드라마를 찍는다. 촬영은 자나 깨나 전투 장면이라 여유가 없다. '나'를 생각할 겨를이 없다. '너'를 챙길 여지가 없다. 그러니 이 숨 가쁜 짝퉁 드라마는 그만 찍어야겠다. 어떻게 하면 좋을까. 인생 드라마를 최종회부터 되돌려보자. 마지막은 죽음이다. 그런데 언제 죽을지 모른다. 그렇다면 다음과 같이 가정해보자.

첫째, 내일 죽는다. 이건 너무 황당하다. 절망할 시간도 없다. 이 순간 숨 쉬는 게 얼마나 행복한지, 태양 빛이 얼마나 찬란한지, 가을바람이 얼마나 소슬한지 촌각이라도 더 실감하는 게 상책이다.

둘째, 1년 뒤 죽는다. 그렇다면 하루도 낭비할 수 없다. 짝퉁 드라마를 당장 끝낸다. 죽기 전에 꼭 하고 싶은 일들을 간추린다. 이른바 '버킷 리스트bucket list'를 만든다. 그리고 나를 찾아 떠나는 마지막 여행을 시작한다.

셋째, 10년 뒤 죽는다. 아직 시간은 있다. 그러나 머뭇거리면 늦는다. 하고 싶은 일과 해야 할 일의 포트폴리오와 스케줄을 짠다.

넷째, 늙어 죽는다. 시간은 넉넉하다. 이제야말로 진짜 드라마를 찍을 때다. 힌두교에서는 "50세가 되면 숲으로 들어가 신과 대화하라"고 한다. 10대엔 공부하고, 20대엔 결혼하고, 30대엔 아이들을 키우며 가정을 꾸리고, 40대엔 사회에 공헌하고, 50대엔 그 모든 것을 뒤로한 채 홀로 신을 만나러 숲으로 가라는 것이다. 참 자아와 내 안의 신성을 찾아서 순례의 길을 떠나라는 것이다.

그렇다. 인생 드라마를 찍되 이같이 찍자. 바로 내일 죽을 것처럼 삶을 만끽하며 찍자. 100% 생생하게 살아 있는 감동을 찍자. 깨어 있는 진짜 내 이야기를 찍자. 그게 아니라면 그건 죽을 때까지 진본이 아니다. 진짜로 산 것이 아니다.

진정한 꽃이 아니라면,
진정한 달이 아니라면,
진정한 마음이 아니라면
나를 통해 피거나 뜨거나
빛을 발하지 말라.

가짜

장미

나는 꼭 장미가 되어야 하는 줄 알았다. 장미 중에서도 가장 아름다운 장미가 되어야 하는 줄 알았다. 그래서 장미가 되려고 했다. 가장 아름다운 장미가 되려고 했다. 다른 꽃은 시시해서 눈에 들어오지 않았다.

그런데 아무리 애를 써도 장미가 되지 않았다. 장미는 역시 꽃 중의 꽃이었다. 쉽게 되는 것이 아니었다. 나는 더 열심히 장미가 되려고 했다. 장미로 보이려고 했다. 장미처럼 치장하고 장미 흉내를 냈다. 나는 장미와 비슷해졌다. 장미처럼 보였다. 하지만 장미 향기가 나지 않았다.

장미꽃은 결국 피지 않았다. 나는 장미가 아니었다. 그러니 장미로 피어날 수 없었다. 장미 향기를 낼 수 없었다. 나는 마침내 내가 어떤 꽃인 줄 알았다. 그 꽃은 장미가 아니다. 백합이 아니다. 국화가 아니다. 민들레가 아니다. 그 꽃은 나만 피울 수 있는 단 하나의 꽃이다. 그러니 이름이 없다. 굳이 이름을 붙인다면 '나의 꽃'이다.

나는 머리가 희끗해져서야 내가 '나의 꽃'으로 피어야 한다는 걸 알았다. 이걸 어쩌란 말이냐. 이 심각한 지각 사태를. 나는 장미 흉내만 내며 시든 장미처럼 살다가 어느새 은퇴를 앞두고 있는 것을. 그래도 그나마 다행이다. 더 늦었다면 큰일 날 뻔했다. 내 인생은 전혀 만회할 틈도 없이 내 것이 아닌 것으로 그냥 끝나버릴 뻔했다.

이게 나만의 문제도 아니다. 아들딸들이 그렇게 살고 있다. 자기가 무슨 꽃인지 모른 채 무조건 장미가 되려고 날밤을 새고 있다. 장미가 못된 엄마 아빠들이 장미가 아닌 아들딸들을 장미가 되라고 닦달하고 있다. 아들딸들이 시름에 겹다. 그들이 버스에서, 학교에서, 학원에서, 책상 위에서 꾸벅꾸벅 졸고 있다. 청춘의 봄을 날려 보내고 있다.

다들 마음속에 장미가 들어 앉아 있으니 자기 꽃은 구석에 웅크린다. 하나같이 장미만 외치니 자기 꽃은 숨죽인다. 장미에 홀려 장미만 생각하니 자기 꽃은 길을 잃는다. 누구도 자기가 무엇을 진짜로 원하는지 모른다. 무엇이 되고 싶은지 모른다. 지금 당장 자신에게 물어보라. 아들딸에게 물어보라. "무엇이 되고 싶은가?" 그러면 이런 답이 나올 것이다. "잘 모르겠는데요." 아니면 이런 답이 나올 것이다. "장미요!", "1등 명품 장미요."

하지만 장미꽃만 피는 세상은 끔찍하다. 가짜 장미로 가득한 세상은 더 끔찍하다. 아무리 장미 흉내를 내고 장미 향수를 뿌려도 가짜는 가짜다. 남을 속이고, 나도 속아 넘어갈 수 있지만 가짜는 결국 가짜다. 가짜로 사는 삶은 허무하다. 자기 삶이 아닌데, 자기 안에 가짜 장미만 있는데 어찌 허무하지 않을까. 자기 꽃으로 피어나야 그 삶이 충만해진다. 생생하게 살아 향기를 낼 수 있다.

어떻게 자기 꽃을 피울까. 방법은 간단하다. 자기가 '하고 싶은 것'을 '해야 하는 것' 앞에 두면 된다. 자기가 하고 싶은 것이 먼저다. 나를 일깨워 생동하게 만드는 일이 먼저다. 나를 춤추게 하는 일이 먼저다. 그러면 자기만의 꽃들이 피어날 것이다. 수많은 '나의 꽃'들이 피어 아름답게 어우러질 것이다. 싱싱한 '나의 꽃'들로 세상이 향기로울 것이다.

모든 걸 장미와 비교해서 차별하면 '나의 꽃'은 설 땅이 없다. 소외감과 열등감에 병든다. 나는 '나의 꽃'을 발견할 능력을 잃어버린다. '나의 꽃'은 세상에서 단 하나뿐인 나만의 꽃이므로 애초부터 다른 꽃과 비교할 수 없다. 나는 다른 꽃을 흉내 낼 필요가 없다. 차별할 필요가 없다. 경쟁할 필요가 없다. '나의 꽃'은 그냥 특별한 것이다. 남들이 뭐라 하든 나의 꽃은 진짜다. 삶은 소중하다. 길지 않다. 그러니 삶을 낭비하지 말자. 남의 삶으로, 남의 목소리로, 생명 없는 조화로 가득 채우지 말자.

나의

하루

나의 하루….

그건 거의 10분의 오차 범위 안에서 돌아간다. 매일 아침 알람이 울리는 시간은 6시. 나는 잠깐 뜸을 들이다가 움직이기 시작한다. TV 뉴스를 켜고, 세수하고, 아침 먹고, 신문 보고…. 나는 7시 16분에 집을 나선다. 얻어 타는 이웃 회사 통근버스가 7시 25분에 정류장에 도착하기 때문에 집을 나서는 시각엔 에누리가 없다. 그 통근버스 기사 아저씨도 사거리에서 기가 막히게 신호를 받고 돌아와 일 년 내내 거의 한 치의 오차 없이 차를 댄다. 버스에 오르면 자는 시간. 버스는 55분 뒤인 8시 20분에 회사 앞에 선다. 그 회사에서 우리 회사로 가는 데는 걸어서 10분. 그사이 세 번의 신호등이 있는데 첫 번째 신호등에서 파란 불을 받아 건너면 그때부터 지체 없이 빠른 걸음으로 50미터를 간다. 그러면 두 번째 신호등을 기다리지 않고 건너고, 다시 세 번째 신호로 이어진다.

나는 8시 30분에 회사 책상에 앉아 컴퓨터를 켠 다음 듀얼 스크린에

7가지 화면을 차례로 걸어놓는다. 그리고 9시 30분 정각 아침 회의 종이 울릴 때까지 그날의 기사를 챙긴다. 회의가 끝나면 한숨 돌릴 틈도 없이 11시 40분까지 일을 한다. 그러고는 회사 지하에 있는 헬스클럽으로 간다. 거기서 걷기 40분, 다른 운동 20분, 샤워 15분을 하고 12시 55분에 식당으로 가서 25분 안에 점심을 해결한다. 오후 1시 20분 다시 사무실. 이때부터 35분 일을 하면 2시 오후 회의 종이 또 칼같이 울린다. 그 회의를 마치고 6시까지 일을 한다. 그리고 6시 10분에 배달되는 가판 신문을 15분간 읽고는 6시 25분 칼같이 울리는 마감회의에 들어간다.

이렇게 장황하게 설명하고 나니 나도 숨이 막힌다. 나의 일과가 오차 범위 10분에서 벗어나는 건 오후 7시 이후다. 정상적이라면 버스 두 번을 타고 집에 밤 9시쯤 들어간다. 그게 아니면 이런저런 약속 자리다. 그 자리는 일과 관련된 것이거나 그날의 스트레스를 풀기 위한 것이지만 대개는 몸을 축내고 다음 날의 일과를 더욱 고단하게 만든다.

이쯤 되면 나는 시간에 완전히 갇힌 것이다. 내가 시간을 누리는 게 아니라 시간에 끌려다니는 것이다. 시간의 포로. 그러니 나에겐 항상 시간이 없다. 시간은 쉼 없이 흘러가고 계절은 바뀌지만 도심의 시간에 갇힌 나에겐 계절도 없다. 숨 가쁘게 쳇바퀴를 돌다 보면 하루가 가고, 일주일이 가고, 한 달이 간다. 어쩌다 보면 봄이고, 또 어쩌다 보면 여름이다. 나는 시간 속에서 길을 잃고 헤맨다. 나를 옥죄는 닫힌 시간과 공간의 틀을 벗어나고 싶지만 그럴 엄두가 나지 않는다. 나를 잃어버렸다는 상실감. 그게 나를 더욱 슬프게 한다.

하지만 지금 어디엔가 갇힌 포로가 나뿐일까. 내 주변에는 온통 포로들뿐이다. 일상에 갇힌 포로, 생계에 갇힌 포로, 욕망에 갇힌 포로, 편견과 아집에 사로잡힌 포로, 자신이 포로인 줄 모르는 포로….

그래서 누구나 탈출을 꿈꾼다. 정작 자기를 가둔 사람은 자기 자신인 줄도 모른 채.

† † †

하루 종일 눈이 빠지도록 본다. 귀가 따갑도록 듣고, 입이 아프도록 말한다. 아침 6시, 눈을 뜨면 볼 것부터 찾는다. 나는 TV 뉴스를 켜고 건성으로 본다. 거실과 식탁과 목욕탕을 오가면서 눈에 들어오는 정보들을 챙긴다. 그다음엔 신문을 읽는다. 내 눈은 신문 기사와 TV 화면을 오락가락한다. 요즘에는 휴대전화로 배달된 아침 뉴스를 챙겨 보는 일까지 더해졌다.

회사에서는 하루 종일 컴퓨터를 본다. 듀얼 스크린에 7가지 화면을 걸어놓고 숨 가쁘게 돌려본다. 나는 시시각각 여기저기서 튀어나오는 정보들과 전투를 벌인다. 숙달된 기술과 집중력이 없으면 넘치는 정보들의 공습을 감당할 수 없다. 잡힌 기사는 그 즉시 처리하고, 그것으로 끝이다. 뒤돌아볼 틈은 없다. 사실 마음에 담아둘 만한 것도 별로 없다. 정보의 시효는 길어야 한나절이다. 퇴근길 버스에서도 습관적으로 읽을거리를 찾는다. 요즘에는 휴대전화에 코를 박고 방송을 보는 사람이 많아졌다. 그 사람은 아마 집에 가서도 현관 문턱을 넘기 무섭게 TV로 시선을 돌릴 것이다.

귀와 입도 결코 한가하지 않다. 욕망으로 가득 찬 도심은 조용할 틈이 없다.

누구나 탈출을 꿈꾼다.
정작 자기 자신을 가둔 사람은
자기 자신인 줄도 모른 채.

어디든 소음이 가득하다. 하지만 내 이익과 관련된 얘기라면 귀신같이 듣는다. 생존을 위해 청각을 곤두세우고, 이리저리 주파수를 맞춘다.

말할 때는 볼륨을 높인다. 그래야 다른 소리에 묻히지 않는다. 목소리가 커야 이긴다. 자기 PR 시대이니 자기소개 하나는 정말 끝내주게들 한다. 소음 공해와 컬러 중독이 심각하다.

광고는 또 얼마나 많은가. 태어나서 죽을 때까지 광고 속에 산다. 내 눈길이 머무는 곳이라면 어디든 광고는 따라온다. 맛있고, 멋있고, 신나는 세상이다. 물론 공짜는 없다.

눈과 귀와 입이 바쁘니 내 의식도 분주하다. 마음은 번잡하다. 정보를 폭식하니 소화불량에 걸리는 것도 당연하다. 볼 것, 못 볼 것 다 보려 한다. 이 얘기, 저 얘기 다 들으려 한다. 이 말, 저 말 못하는 말이 없다. 한마디로 너무 많이 알려고 한다. 그러나 잡다한 지식만 탐할 뿐 지혜는 가다듬지 않는다. 성공과 처세에 매달려 보고 듣고 말하는 데 너무 많은 에너지를 쏟는다.

그 모든 에너지는 밖으로만 향하지 내 안으로 향하지 않는다. 대신 수많은 정보들이 '밖에서 안으로' 들어온다. 내 안은 그것들로 꽉 차 거북하고 소란하다. 나는 거기서 길을 잃는다. 그러니 내 안에서 우러나는 느낌과 정은 없다. 내 마음이 황량하니 남에게 베풀 여유가 없다. 홀로 있기 겁난다. 침묵을 견딜 수 없다.

"지식은 사람을 피곤하게 한다. 그러나 지혜는 사람에게 생기를 불어넣는다. 지식이 한때 머물다 가는 바람과 같은 것이라면 지혜는 온갖 씨앗을 움트게 하는 대지다. 모든 생명이 거기에서 움트고 꽃피고 열매 맺는다. 이와 같은 지혜의 밭을 개간하려면 지금까지 짊어지고 다닌 짐을 일단 부려 놓아야 한다. 모든 생각을 쉬어야 한다. 채우려고만 했던 생활 습관을 바꾸어 텅텅 비워야 한다. 텅 비워야 메아리가 울리고 새것이 들어갈 수 있기 때문이다."

법정 스님의 말씀이다. 하루에 단 30분이라도 정보 입력을 끊어야겠다.

† † †

새해라지만 별로 새롭지 않다. 나의 하루는 일상의 틀을 한 치도 벗어나지 못한다. 일 년 전이나 한 달 전이나 지금이나 모두 비슷비슷하다. 아마 내일도 오늘과 다르지 않을 것이다. 나의 일과는 여전히 10분의 오차 범위 안에서 움직인다. 나는 어제 걸었던 길을 오늘 또 걷는다.

아침 6시. 알람이 울리면 내 머리와 몸과 마음은 따로 놀기 시작한다. 내 머리는 빨리 일어나라고 한다. 하지만 몸과 마음은 버틴다. 한참을 미적거리다 일어나면 마음이 앞서기 시작한다. 세수를 할 때 마음은 식탁에 있고, 식탁에 앉으면 마음은 문밖으로 내딛는다.

출근길. 버스 정류장을 향해 사람들이 우르르 몰려간다. 그들도 마음은 벌써 버스 안에 있으리라. 그리고 버스에 올라타면 마음은 회사 문턱을 넘고 있을 것이다. 그렇지 않다면 버스에서 내리자마자 저리도 정신없이 달려가겠는가. 나의 하루는 이렇게 조급한 마음을 뒤쫓는 것으로 시작한다. 컴퓨터를 켜고 책상에 앉아도 몸과 마음은 동행하지 않는다. 마음은 달리고, 몸은 처진다. 몸이 속도를 높이면 마음은 일터에서 벗어나 엉뚱한 곳으로 튄다. 때로는 몸이 나서고 마음이 뒤로 물러난다. 달갑지 않은 일이 떨어지면 마음 없이 몸으로 버틴다. 내키지 않은 자리에 갈 때도 사실 몸만 간다.

오후 5시쯤, 급한 일들이 끝나면 나는 의자를 뒤로 젖히고 심호흡을 한다. 이때가 되어서야 나는 비로소 몸과 마음과 머리를 일치시킨다. 그러나 나는 지쳤고 더 이상 다른 일을 할 힘이 없다.

저녁 술자리에서도 흔쾌하게 취하지 못한다. 대개 머리는 원치 않는데 몸과 마음이 술을 찾는다. 머리와 몸과 마음이 모두 원치 않는데 술을 마실 때도 있다. 그야말로 나에 대한 폭력이다.

잘 때는 어떤가. 때로 머리가 복잡하고 마음이 심란하면 몸은 쉬지만 머리와 마음이 쉬지 않는다. 나는 꿈속을 헤맨다.

그럼 몸과 마음과 머리가 일치할 때는 언제인가.

첫째, 신나게 웃을 때다. 둘째, 음악이 아름다울 때. 셋째, 영화나 소설이 감동적일 때. 넷째, 사랑할 때. 다섯째, 기분 좋게 산책할 때. 여섯째, 여행할 때. 일곱째, 산에 오를 때. 여덟째, 자전거로 바람을 가르며 달릴 때다.

또 뭐가 있나. 머리에 무언가 아이디어가 번쩍하고, 그것이 마음에 넘쳐 글이 나올 때, 편한 친구와 수다를 떨 때도 몸과 마음과 머리는 동행한다.

그러고 보면 몸과 마음과 머리를 일치시키는 것, 그것이 행복한 것이다. 그것은 총을 쏠 때 조준점을 한곳에 모으는 '영점잡기'와 비슷하다. 가쁜 숨과 번잡한 머리와 바쁜 마음을 다잡아야 한다.

첫째, 호흡을 가다듬어 몸을 편안하게 한다. 둘째, 바쁜 마음을 늦춘다. 셋째, 분주한 머리를 비운다.

이렇게 세 가지 리듬을 일치시키면서 영점을 잡는다. 뛰면서 영점을 잡을 순 없다.

가장 쉬운 방법은 마음부터 느긋하게 하는 것이다. 습관적으로 10분씩 앞서가는 마음의 속도를 늦추는 것이다. 조급한 마음에 브레이크를 걸기 어렵다면 무슨 일이든 10분 먼저 시작하는 것이다. 10분 먼저 일어나서 여유롭게 움직인다. 10분 먼저 출근길에 나서 아침 공기를 느끼며 버스를 탄다. 10분 먼저 약속 장소로 향하고, 10분 먼저 가서 기다린다. 그러면 마음이 여유를 되찾고 몸과 머리도 속도를 늦춘다.

나는 다시 한 번 생각한다. 오늘 내 몸과 내 마음과 내 머리가 일치한 순간은 어느 정도였나. 이 총량을 늘리는 것이 곧 행복하게 사는 길이 아닌가.

† † †

아침 6시. 눈을 뜨면 기다렸다는 듯 알람이 울리기 시작한다. 이젠 생체시계가 더 정확하다. 오늘도 새날이다. 나는 설레는 마음으로 일어난다. 몸은 가볍다. 출근길에 나서기까지 1시간 16분이 남아 있다.

나는 정확한 동선을 따라 움직인다. TV 뉴스 켜고, 세수하고, 신문 보고, 아들을 깨운다. 그러나 서두르지 않는다. 마음의 고삐를 잡고, 마치 슬로 모션을 하듯 하나하나 모든 동작을 의식한다. 세수를 하며 물의 촉감을 즐긴다. 머리를 빗으며 얼굴빛을 확인하고, 스킨을 바르며 그 향기를 느낀다. 잠시 베란다를 통해 쏟아지는 아침 햇살을 맞는다. 생동하는 생명의 빛이다. 주어진 오늘에 감사하고, 행복을 느낀다.

집 밖을 나서면 발걸음이 가볍다. 아침 공기가 상큼하다. 오늘은 어제와 무엇이 다른지 살펴본다. 잘 보면 반드시 한두 가지 이상 발견할 수 있다. 하루하루 계절이 움직이고 있다는 것을 느낄 수 있다. 그래서 오늘은 어제와 다르다.

요즘에는 아침이 즐거운 이유가 두 가지 더 늘었다. 하나는 FM 라디오. 버스 안에서 이어폰을 끼고 비몽사몽 음악을 듣는 묘미가 있다. 또 하나는 아침 식사. 회사에 와서 간단히 때우는데 그것이 이상하게 식욕을 돋운다. 옅은 커피만 곁들여도 행복한 식탁이 된다.

이제 충분히 워밍업을 했으니 오늘의 전투를 시작한다. 바쁘게 돌아가는 이 전투가 나는 재미있다. 매일매일 실전을 치르다 보니 거기에 숨어 있는 리듬이 드러난다. 나는 그 리듬을 타고 매 순간의 중심으로, 삶의 전장 한가운데로 들어간다. 중요한 것과 중요하지 않은 것, 지금 해야 할 것과 하지 말아야 할 것, 버려야 할 것과 때를 기다려야 할 것을 가려내고, 핵심에 집중한다.

말이 전투지, 반드시 그렇지만도 않다. 치열한 생존경쟁에서 살아남기 위해 적들을 물리쳐야 한다면 그것은 전투다. 나는 패자의 아픔과 절망을 딛고 앞으로 나아간다. 아니면 내가 승자에게 밟힌다.

그러나 생각을 바꾸면 그것은 나를 일깨우는 심오한 게임이다. 게임에 적은 없다. 대신 상대가 있다. 나는 상대를 존중한다. 그들은 내 삶의 한 부분이다. 나와 상대는 때로는 어우러지고, 때로는 부딪치면서 서로를 강화시킨다. 최상의 결과를 얻기 위해 선택하고 에너지를 집중하는 과정에서 나는 업그레이드된다. 그래서 오늘의 나는 어제의 나보다 낫다.

마무리는 편안하다. 나는 긴장을 풀고 느슨해진다. 몸에 피곤함이 스미듯 마음에도 애틋한 시장기가 돈다. 2% 부족한 것 같은 이 허기가 나는 좋다. 마치 맛있는 것을 앞에 두고 먹을까 말까 하며 즐기는 듯한 기분이다. 무언가를 채울 공간이 있다는 것은 얼마나 신나는 일인가. 그러니 지금 부족한 것을 다 채우려고 애쓰지 말 일이다. 오늘 밤 '오버'하지 말아야 내일 아침도 가뿐하게 시작할 수 있을 것이다.

나는 '나의 하루'를 이런 식으로 채워야겠다. 그건 쉽고도 어려운 일일 것이다. 오늘도 '나의 전투'는 고단했다. 허둥지둥 시간에 쫓기며 살았다. 나는 지친 몸으로 잠자리에 든다. 마음은 번잡하다. 내일 아침에도 알람은 울릴 것이고, 나는 무겁게 몸을 일으킬 것이다. '나의 하루'를 달리 채우지 않는 한….

술독에
빠진

날

어제는 새벽까지 진하게 한잔했다. 다양한 술을 차수를 바꿔가며 마시고, 이것저것 폭탄으로 제조해 들이켰다. 아침에도 술이 덜 깬 상태에서 출근하고는 하루를 고역으로 버틴다. 눈은 아직도 알코올에 잠겨 있다. 며칠 전 다른 부장이 그런 모습이었는데 오늘은 내가 꼭 그렇다. 이렇게 한번 술 고생을 하고 나면 팍 늙어버린 느낌이다. 내 얼굴에는 술과 스트레스로 팬 주름살이 하나둘씩 훈장처럼 새겨진다.

얼마 전 거리에서 '엑셀' 자동차 한 대가 눈길을 끌었다. 너무 새 차여서 처음에는 새 모델인 줄 알았다. 추억을 파는 1970, 80년대 제품이 유행이라는데 복고풍 모델로 내놓으면 잘 팔릴 것 같다. 겉모습이 저 정도면 속도 분명 온전하겠지! 20여 년 동안 저 차를 저렇게 관리한 주인이 누구일까 궁금해진다.

12년을 달린 내 차는 고물이 다 됐다. 엔진은 거친 소리를 내며 덜덜댄다. 24만 킬로미터를 달렸으니 지칠 때도 됐다. 여기저기서 크고 작은 고장이 나 나를 놀라게 한다. 차를 바꾸고 싶지만 한편으로는 또 다른 새 차가 주인을 잘못 만나 엉망이 되겠구나 하는 생각도 든다.

내 몸도 차와 똑같다. 평소 관리하는 대로 성능과 수명이 결정된다. 깨끗하게 닦고 조이고 길들이면 오래가게 되어 있다. 그렇지 않고 함부로 굴리면 겉은 낡고, 속은 망가진다.

그런데 나의 일상이란 것이 무슨 내구성 시험하듯 하니 할 말이 없다. 쉴 새 없이 먹고 마시고, 피우고 떠들면서 생명의 기운을 소진한다. 사소한 일에 일희일비하며 스트레스를 꽉꽉 받는다. 나만 그런 것도 아니다. 저마다 거친 연료를 집어넣고, 난폭 운전을 하며 매연을 뿜어댄다. 많은 사람들이 그 매연에 오염되고 중독된다. 상습적으로 교통체증을 일으키고 짜증낸다. 서로 밀치고, 욕하고, 다툰다. 세상이 폐차 만들기 경연장인가, 아니면 생체시험장인가. 100년 인생에 10년은 담배로, 10년은 술로, 10년은 스트레스로 덜어낸다.

차는 낡으면 새것으로 바꾸면 된다. 그러나 몸은 평생 단 한 번만 사용할 수 있다. 그런데 몸 관리가 자동차 관리만 못하다. 차는 얼마 전에 생각을 바꿨다.

'지금부터는 이 차를 애틋하게 사랑하리라.'

우선 큰맘 먹고 칠을 다시 한다. 차 안도 구석구석 깨끗하게 클리닝한다. 부품도 손볼 것은 손보고, 바꿀 것은 바꾼다. 시세보다 훨씬 큰돈을 들여 안팎을 정비하니 제법 때깔이 난다. 나는 이 차로 40만 킬로미터까지 달릴 작정이다. 그리고 한 가지 더, 내 몸도 차만큼 애지중지해야겠다. 차든 몸이든 중고가 다 됐지만 이제부터는 차를 아끼듯 몸을 아끼고, 몸을 아끼듯 차를 아껴야겠다. 그것은 꾸미는 게 아니라 가꾸는 것이다. 차 모양이 아무리 멋있어도 엔진이 고물이면 꽝이다. 몸도 S라인, U라인 다 만들고, 얼굴까지 조각미인으로 뜯어고쳐도 속이 고장 나면 아무 소용없다.

몸은 잘 관리해야 할 재산목록 1호다. 아니 그 이상이다. 몸은 나의 영혼을 담고 있는 그릇이다. 몸이 망가지면 영혼이 깃들 수 없다.

> "육체는 영혼의 첫 번째 학생이다. 나태에 젖은 육체는 영혼을 고양시킬 수 없다."

톨스토이의 말이다.

✝ ✝ ✝

몸은 차車다. 나는 그 차를 굴리는 운전자다. 술에 취해 사는 사람은 몸과 인생을 엉망으로 굴리는 음주운전자다. 요즘에는 이렇게 몸을 차에 비유하지만 차가 없던 시절에는 말馬이나 성城에 비유했다. 나는 이 비유가 더 좋다.

우선 말. 몸은 말이고, 나는 마부다. 말은 제 마음대로 달리려 한다. 그 말을 다루는 것은 마부의 몫이다. 마부가 고삐를 놓아버리면 말은 방향도 없이 이리저리 날뛸 것이다. 술 취한 말이라면 더 말할 나위 없다.

유능한 마부는 말을 아끼고 사랑한다. 고삐와 채찍도 잘 사용한다. 말은 마부의 뜻에 따라 움직인다. 잘 길들인 말은 주인의 종이자 벗이다.

그렇다면 나는 어떤 마부인가. 내 몸을 어떻게 관리하는가. 내 몸은 나의 벗인가.

다음은 성. 몸은 성이고, 나는 성주다. 성을 잘 쌓지 않으면 성주는 위험하다. 잘 쌓은 성이라도 잘 지키지 않으면 역시 위험하다. 성주는 무너진 성곽은 없는지, 방위가 취약한 곳은 없는지 항상 경계하고 살펴야 한다. 성주가 술에 취해 흥청망청하면 성은 망한다.

인도 고대 베다 경전의 '까타 우파니샤드'편에 나오는 비유는 더욱 절묘하다.

첫째, '몸은 오감이라는 다섯 마리 힘센 말이 끄는 전차다.' 감각이 지배하는 말들은 죽을 때까지 욕망을 쫓아 달려간다. 판단을 내리는 지적인 능력은 마부다. 마부는 제대로 방향을 잡아서 마차가 절벽으로 굴러 떨어지지 않도록 조절하는 역할을 한다. 그가 쥐고 있는 고삐는 마음과 감정과 욕망이다. 그리고 달리는 것은 바로 나 자신이다.

우파니샤드는 가르친다.

"분별력이 부족하고 마음을 다스리지 못하는 사람의 감각은 야생마처럼 이리저리 날뛴다. 그러나 분별력을 갖추고 마음을 한곳에 모으는 훈련을 한 사람의 감각은 잘 훈련된 말처럼 고삐에 따라 움직인다. 분별력을 갖춘 지성이라는 마부와 훈련된 마음이라는 고삐가 만나면 그들은 인생의 최상의 목적을 이루어 사랑의 신과 하나가 된다."

몸은 영혼을 담고 있는 그릇이다.
몸이 망가지면 영혼이 깃들 수 없다.

둘째, '사람은 11개의 문을 가진 성이다.' 왜 11개일까. 몸에서 안팎으로 통하는 문이 11개다. 눈 2개, 콧구멍 2개, 입 1개, 귀 2개, 소화기와 생식기 2개를 합치면 9개다. 나머지 2개 중 하나는 배꼽이다. 또 하나는 정수리百會다.

정수리의 문은 태아의 두개골이 완성되는 시점에 닫힌다. 배꼽은 태아의 생명줄이던 탯줄을 끊는 순간 닫힌다. 배꼽의 문은 한 번 닫히면 다시 열리지 않는다. 용도 폐기된 문이다.

그러나 정수리의 문은 깨달음에 이르러 다시 열린다. 깨달은 사람은 정수리를 통해 우주의 기운과 소통한다. 정수리는 지혜의 문이다. 깨달은 자만이 정수리의 문을 열 수 있다.

그렇다면 나는 어떻게 성문을 관리하는가. 눈으로는 화려하고 음란한 것을 들인다. 귀로는 거친 말과 소음을 들인다. 입으로는 술과 오염된 음식을 들인다. 코로는 독한 담배 연기와 매연을 들인다. 소화기는 부실해 들어온 독을 잘 빼내지 못한다.

다시 말해 성지기는 수상한 사람들을 검문도 하지 않고 제멋대로 들인다. 성안은 적의 군대로 득실댄다. 성주는 술에 취해 흥청망청이다. 이래도 성이 무너지지 않는다면 그게 오히려 이상하다. 아무래도 술 좀 덜 마시고, 정신 차려야겠다.

그녀를 살리는 게
내가 사는

이유다

한때 이런 결심을 했다.

　'내가 어떤 계기로 절망에 빠져 삶의 의욕을 모두 잃었을 때, '죽고 싶다', '살기 싫다', '삶의 의미가 전혀 없다', '죽어버려야겠다'라는 마음뿐이어서 자살을 심각하게 생각하게 될 때, 그래서 정말 자살을 하려고 할 때, 그때 나는 절대 자살하지 말자. 대신 모든 것을 다 떨쳐버리고 적도의 어느 원시 바다로 가자. 죽을 용기가 있는데 어찌 다 버리고 떠날 용기가 없겠는가. 아무도 모르는 외딴 바다에서 무조건 살아보자. 항상 내 꿈의 낙원 같은, 다다를 수 없는 천국 같은 그 깊고 푸른 산호바다에서 잊힌 사람으로, 나름 행복하든 행복하지 않든 살아보자. 아마 죽지 않고 살기로 결심한 것을 다행이라 여기고 거기서 행복을 찾을지도 모른다.'

　적어도 이런 결심을 해두었으니 나는 어떤 상황에서도 자살이란 것은 하지 않을 자신이 있었다. 인생사 어찌 풀릴지 장담할 수 없겠지만 나는 분명 자살과는 인연이 없을 것이라 생각했다. 더구나 요즘 들어 나는 '삶이란

란 살 만한 것이다', '살다 보면 좋은 일도 있고 안 좋은 일도 있게 마련이다', '안 좋은 일도 잘 삭히면 약이 된다', '살지 않을 이유가 없다', 아니면 최소한 '스스로 죽을 이유가 없다'는 쪽에 의미를 더 많이 두는데다 앞으로 더욱 삶에 애착을 가질 것 같아 희박하던 자살 가능성이 더더욱 멀리 사라지는 것 같다.

그러고 나니 한편으로 마음이 놓이는데 다른 한편으로는 아쉬움이 남는다. 아~ 적도의 파라다이스, 나는 그곳에 가지 못하리!

그런데 뜻밖에 최진실의 자살 사건에서 충격을 받고는 갑자기 새로운 고민이 생겼다. 탤런트 최진실을 탤런트로서 흔쾌히 인정한 드라마가 「장밋빛 인생」과 「내 생애 마지막 스캔들」이다.

'최진실이 국민 요정 하던 젊은 시절을 지나 나이 좀 들고, 이혼의 아픔도 겪더니 이제야 제대로 진한 연기를 하는구나. 전에는 어딘가 어색하고, 인기에 거품이 있어 보였는데 역시 고난이 사람을 성숙시키는구나. 역경을 꿋꿋이 헤치면 인생의 깊이가 농축되는구나.'

이런 감상으로 드라마를 보면서 진실로 그제서야 최진실 팬이 되었는데 그녀가 어느 날 갑자기 자살을 해버린 것이다. 그 뒷얘기야 구구히 여러 곳에서 했으니 각설하자. 다만 최진실 씨가 죽기 전에 몇몇 친구에게 "죽고 싶다"며 괴로운 심정을 토로했다는데 내가 만약 그녀의 친구였다면 나는 어떻게 그녀를 위로했을까? 어떻게 그녀의 자살을 말렸을까? 바로 이 점이 꼭 풀어야 할 숙제처럼 나에게 다가온 것이다. '최진실의 자살을 막아라!'

"나는 너처럼 예쁘면 더 바랄 게 없겠다. 다시 중견 스타로 떴는데 뭐가 부족하니. 마음고생 다 했는데 이제부터 이 악물고 잘살아야지. 애들은 어쩌니. 가족에게 어떻게 그런 멍에를 지우려 하니. 어디 여행이라도 다녀와. 삶은 살아야 하는 거야. 스스로 죽는 것은 죄악이야" 등등 이런저런 얘기를 다했다고 하자. 그런데도 그녀가 "나는 못살겠어. 너무 괴로워. 도저히 살 용기가 없어"라고 하소연한다면 나는 과연 그녀의 마음을 되돌릴 수 있을까. 그녀가 반드시 살아야 할 어떤 이유를 찾아줄 수 있을까.

아! 잡힐 듯이 잡힐 듯이 잡히지 않는 안타까운 삶의 의미여.

† † †˰

삶의 의미란 스스로 찾아내고, 스스로 부여하는 것이다. 그런데 아무리 찾아도 의미가 없고, 부여할 의미도 없다면 진짜 살 의미가 없는 것 아닌가? 그래도 살라고 우기면 그건 억지 아닌가?

탤런트 최진실의 죽음에 쇼크를 받고 그녀가 살아야 할 삶의 이유를 찾아 고민고민 하는데 답이 나오지 않는다. 그것은 솔직히 나에게 던지는 질문이기도 하다. 나는 왜 사나? 내 마음 깊은 곳에도 항상 삶의 허무가 자리하고 있지 않은가? 그것이 어느 날 심각하게 불거지면 나는 나를 다스릴 수 있을까? 지금도 나는 답이 없다. 다만 최근에 한 가지 깨달은 것은 내가 최진실의 자살을 말린다며 머리로만 설득의 논리만 찾았지, 그녀의 얘기를 귀 담아들어야 한다는 사실은 놓쳤다는 것이다.

그녀의 자살을 말리려면 그녀의 얘기부터 들어야 한다. 가슴으로 들어야 한다. 그래서 그녀가 마음을 열고 고민을 다 털어놓았다면 그것만으로 크게 위로받았을 것이다. 그것으로 인생의 짐을 덜고, 죽음의 갑작스런 충동에서 벗어났을지도 모른다.

그런데 나는 그녀의 얘기를 들을 준비가 되어 있던가? 나는 나 살기도 바쁘고 정신없다. 다른 사람의 얘기를 들어줄 만큼 한가하지 않다. 내가 다른 사람의 얘기를 귀담아듣는 것은 나에게 그만한 필요가 있을 때뿐이다. 그게 아니면 대충 듣거나, 듣는 척한다. 그러니 최진실이 나에게 마음을 터놓고 얘기할 리 만무하다. 애초 내가 최진실의 자살을 막는 법을 궁리할 때부터 나는 머리만 굴렸다.

이런 반성을 하고 있는데 지개야 스님이란 분이 한 번 더 가르침을 주신다. 지개야 스님은 경기 안성에 '묵언마을'이란 절을 세우고, 자살의 벼랑에 선 사람들을 맞는다. 그러고는 차 한 잔을 내놓고 그들의 얘기를 듣는다. 같이 울고, 같이 아파한다. 그들 스스로 무거운 삶의 짐을 내려놓고 다시 살 용기와 의지를 되찾게 한다. '자살'을 거꾸로 읽으면 '살자'라며 죽음의 발걸음을 되돌리게 한다.

> "만약 주위에 있는 누군가가 '힘들다.' '살고 싶지 않다.' '자살할 거야'와 같은 이야기로 자신의 마음을 표현한다면, 누군가 자신의 이야기를 들어주고 다독여 주기를 바라는 것이다. 즉 자살의 유혹에 시달리는 사람은 살고자 하는 마음과 죽고자 하는 마음, 두 가지를 동시에 가지고 있다. 이때 주위에서 누군가가 진솔한 마음으로 그 사연을 들어주기만 해도 자살은 얼마든지 예방할 수 있다. 자살 위기의 순간에 누구를 만

나느냐에 따라 그는 살 수도 있고, 죽을 수도 있는 것이다."

지개야 스님, 『묵언마을의 차 한 잔』

나는 내 문제에 매달려 "자살을 하느니 차라리 적도의 바다로 가겠다"고 흰소리 했는데 지개야 스님은 큰마음으로 외롭고 지친 사람들을 끌어안고 계셨다.

이 스님의 이력 또한 남다르다. 그는 전기도, 사람도 더 들어갈 수 없는 벽촌에서 태어나 매일 꼴만 베다가 고향을 떠난다. 낯선 도시에서는 구두닦이, 신문배달, 볼펜장사 등등 밑바닥을 전전하다 어찌어찌 돈을 벌고, 경상도 도의원이 된다. 그리고 나이 50이 넘어 한 줄의 기사에 충격을 받는다.

"45분마다 한 사람씩 자살하고, 지구촌 가족 40억 명이 굶고, 하루에 3만5,000명의 어린이가 굶어 죽는다. 그런데 또 다른 쪽에서는 과다 영양섭취로 살을 빼고 있다. 이들은 왜 서로 나누어 먹을 수 없을까."

스님의 말씀을 빌리자면 이 기사를 본 순간 '단 1명의 자살자라도 구하라'는 마음의 소리를 듣고 51세에 출가한다. 그동안 모은 재산 30억 원으로 묵언마을을 만들어 종단 재산으로 돌리고, 자살 위기에 선 사람들에게 삶의 의지를 보시하고 있다.

자살, 그것이 비단 최진실뿐이랴. 사업에 실패하고, 사랑에 상처 받고, 자식에게 버림받고, 병마에 시달리고…. 자살할 이유는 무시로 차고 넘친다.

삶의 무게에 눌려 고민하는 또 다른 최진실이 곳곳에 수두룩하다. 얼마 전에도 또 한 명의 아름다운 탤런트가 자기 목숨을 끊었다. 여럿이 함께 죽는 동반 자살까지 잦아졌다. 세상에 살기가 등등하다. 이겨야 사는 세상, 지면 나락으로 떨어지는 세상이다. 동지는 없고, 라이벌만 득실댄다. 그들과 겨뤄 성공과 승리를 쟁취하느라 마음은 항상 전투태세다. 그러니 고단한 마음을 보듬어줄 사람이 얼마나 아쉬운가. 최진실 살리기, 그 길은 그녀의 아픔을 크고 넓게 받아줄 내 가슴 깊숙한 곳에 있다. 그곳에 다다르면 아마 내 삶의 의미도 같이 있을 것이다.

가슴에 울림이 있다면
살아 있는

것이다

노무현의 죽음을 생각한다. 그의 죽음에 가슴 아프다. 슬프고, 안타깝고, 미안하다. 슬픈 것은 그를 잃었기 때문이다. 안타까운 것은 그의 아픔이 전해지기 때문이다. 미안한 것은 그의 죽음을 막지 못했기 때문이다. 우리가 그를 죽음으로 내몰았기 때문이다.

이쯤 말하면 당장 '노빠'라는 딱지가 붙을지 모르겠다. "야단법석 떨지 말라"고 나무라는 사람도 있을 듯하다. 나는 화가 난다. 분노와 원망의 감정이 솟는다. 그러나 그러지 말자. 대신 노무현의 죽음을 다시 한 번 생각한다.

그는 두 번 죽었다. 첫 번째는 정치적 타살이다. 털어서 먼지 나지 않을 정도로 깨끗했다면 얼마나 좋았을까. 나는 그랬으면 했다. 하지만 먼지 같은 게 난 모양이다. 그걸 가지고 그를 궁지로 몰았다. 나는 먼지가 많아 그에게 돌을 던지지 못하겠다. 하지만 검찰의 칼날은 시위를 떠난 화살이었다. 과녁을 뚫을 때까지 아무도 멈출 수 없었다. 그것은 누구를 위한 것이었나?

두 번째는 자살이다. 그의 자살도 정치적 승부수라고 한다면 그럴 수 죽음이란 무엇인가? 그가 어떤 울림으로, 에너지로 누군가에게 남아 있다면 그는 죽은 것이 아니다. 그것으로 살아 있는 것이다.

있겠다. 정치적 죽임에 정치적 죽음으로 응수한 것이다. 그러나 그의 죽음은 그것보다 무겁다. 그렇다면 그에게 죽음이란 어떤 의미였을까? 그가 스스로 선택하고 정면으로 마주한 죽음은 어떤 모습이었을까? 답은 그의 유서에 있다.

첫째, 그는 삶과 죽음이 모두 자연의 한 조각이라고 했다. '생사불이生死不二', 삶과 죽음은 둘이 아니다. 그의 유서는 불교적이다. 누구나 삶의 종착점은 죽음이다. 우리는 태어나는 순간부터 죽음을 향해 간다. 그 죽음을 바라보니 삶이 무상하다. 대통령이었던 그에게도 삶은 무상하다. 어쩌면 더 무상하다.

삶과 죽음은 끝없이 반복되는 윤회 속에 있다. 영겁의 윤회 속에서 일생은 촌각일 뿐이다. 촌각의 삶이 무상하기에 그는 마침내 삶의 욕망과 집착을 내려놓는다. 갑자기 버겁던 삶이 가벼워지고, 미지의 죽음도 두렵지 않다. 내 앞에 이미 수천수만 생이 있었고, 내 이후로도 수천수만 생이 있을 것이다. 세상은 그 모든 것을 품고 유유히 흘러간다. 내가 악착같이 부여잡으려 해도 결국 잡히는 것은 없다. 내 안에 들어온 것도 잠시 머물다 갈 뿐이다. 그러니 모두 놓아버린다. 그러면 나는 무심하게 흘러흘러 큰 바다에 이르고, 대자연에 스며들 것이다.

둘째, 그는 너무 미안해하지 말라, 슬퍼하지 말라, 누구도 원망하지 말라고 했다. 그를 지켜주지 못한 것을 미안해하지 말고, 그를 잃은 것을 슬퍼하지 말고, 그를 죽음으로 내몬 사람들을 원망하지 말라는 뜻이리라. 슬픔과 자책과 미움을 분노로 키워 삶을 고통 속으로 밀어넣지 말라는 뜻이리라.

그는 절절한 심정으로 이런 유서를 썼을 것이다. 나의 한을 갚아달라는 억한 심정으로 이런 당부를 하지는 않았을 것이다. 그러니 그의 뜻을 헤아려 슬픔을 거두고, 자책과 미움도 던져버릴 일이다. 그러면 용서도 되고, 포용도 되고, 화합도 가능할 것이다.

셋째, 그는 시신을 화장하고 집 가까운 곳에 작은 비석 하나만 남겨달라고 했다. 삶과 죽음이 자연의 한 조각이니 자연으로 돌아가고 싶었나 보다. 그 바람대로 그는 작은 조각 하나를 남기고 흙으로 돌아갔다. 작은 비석은 그가 세상에 남긴 미련이다. 그도 한 조각 미련까지 내려놓지는 못했나 보다.

죽음이란 무엇인가? 그가 어떤 울림으로, 에너지로 누군가에게 남아 있다면 그는 죽은 것이 아니다. 그것으로 살아 있는 것이다. 각자 그것을 가슴에 담기로 하자. 가슴에 어떤 울림이 있다면 그는 살아 있는 것이다. 그 울림이 사라지면 그는 죽은 것이다. 무릇 어떤 죽음이 그와 같지 않을까.

미용고사

안내문

미안합니다. 용서하세요. 고맙습니다. 사랑합니다. '미 · 용 · 고 · 사.' 행복의 주문이다. 자꾸 외우면 행복해진다. 그러나 잘 외워야 한다. 진정성이 담겨야 한다. 진심으로 사과해야 한다. 진심으로 용서를 구해야 한다. 진심으로 감사해야 한다. 진심으로 사랑해야 한다. 그렇다면 쉬운 일이 아니다. 어떻게 하는지 연습해보자.

먼저 가장 쉬운 것부터. 첫눈에 반한 사람. 그대로 사랑으로 직행이다. 운명처럼 내 앞에 나타난 당신, 사랑합니다. 고맙습니다. 더 많이 사랑하지 못해서 미안합니다. 용서하세요.

그는 완전하다. 흠이 없다. 흠이 있어도 보이지 않는다. 흠이 보여도 사랑스럽다. 적어도 사랑에 홀려 있는 동안은 그렇다. 사랑의 묘약, 도파민이 분출되는 동안은 그렇다. 그는 신이다. 그녀는 여신이다. 원래 신에 대한 사랑이 그렇다. 신 자체가 완전한 사랑이니까. 무한한 사랑이니까. 그런 사랑을 하면 '미용고사'도 완전해진다.

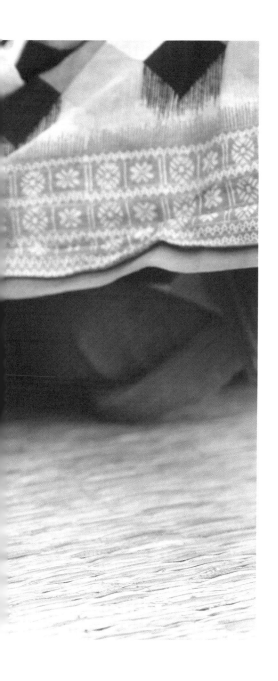

당신 덕분에 내 마음에
미움이 있다는 것을 깨달았습니다.
고맙습니다. 이제 그 미움을 내려놓습니다.
사랑합니다.

부족한 나, 잘못이 많은 나, 부끄럽고 미안합니다. 죄송합니다. 나의 잘못과 무지에 용서를 빕니다. 나의 길을 밝혀 주어서 고맙습니다. 크고 아름다운 사랑에 가슴이 벅찹니다. 행복합니다. 사랑합니다.

하지만 그와 그녀는 진짜 신이 아니다. 사랑하다 보면 티격태격 다툰다. 화가 나고 미워진다. 허물이 보이고, 실망스럽다. 이런 때도 사랑이 넘치면 큰 문제없다. 진심으로 사과하고 용서를 구할 수 있다. 이해하고 끌어안을 수 있다. 사랑이 길을 안내해준다. 그러나 도파민 분비가 끝나고, 사랑도 시들면 문제가 꼬인다. 이기적이고 허점투성이인 그를 받아들일 수 없다. 어떻게 그런 사람을 사랑했는지 화가 난다. 참을 수 없다. 자존심이 고개를 든다. 내가 먼저 사과할 수 없다. 잘못은 그가 먼저 했다.

이제부터 사랑은 인내하고 배우는 과정이다. 진짜 '미용고사'를 해야 한다. '미안합니다'로부터 시작해 '사랑합니다'로 가야 한다. 사랑을 찾고, 지키고, 키워야 한다.

둘째, 그냥 미운 사람. 이 경우도 그리 어렵지 않다. 이유 없이 당신을 미워했습니다. 미안합니다. 용서하세요. 당신 덕분에 내 마음에 미움이 있다는 것을 깨달았습니다. 고맙습니다. 이제 그 미움을 내려놓습니다. 털어버립니다. 여기까지는 잘 나갈 수 있다. 그런데 사랑합니다? 이건 잘 안 된다. 사랑한다고 말할 수 있지만 진심이 아니다. 진정성이 부족하다. 이유 없는 것 같은 미움에 무언가 이유가 있는 것이다. 그 이유를 살펴야 한다. 내가 모르는 업보가 있는지, 내 안에 무엇인가 비틀린 것이 있는지 살피고 알아차려야 한다. 그걸 알아차리면 사랑의 문도 찾을 수 있다. 아! 당신 덕분에 나도 몰랐던 내 마음의 응어리를 발견했습니다. 고맙습니다. 이제 그 응어리를 풀어버립니다. 사랑합니다.

셋째, 나를 배 아프게 하는 사람, 땅을 산 이웃사촌 같은 사람. 이 경우는 그냥 미운 사람보다 조금 더 어렵다. 질투가 더해졌기 때문이다. 나는 끊임없이 남과 나를 비교한다. 아래를 무시하고, 위를 탐낸다. 나는 오르고 또 오른다. 그래도 위가 있다. '내가 그보다 못한 게 뭔가? 그런데 왜 그만 잘되나.' 나는 불행하다. 나는 헤어날 수 없는 비교의 함정에 빠져 있다.

이를 깨닫자. 나를 해친 것도 아닌데 당신이 잘된다고 공연히 마음이 편치 않았습니다. 시기하고 질투했습니다. 미안합니다. 용서하세요. 내가 비교의 사슬에 엮여 불행을 자초하고 있다는 것을 깨닫게 해준 당신, 고맙습니다. 여기까지는 된다. 그런데 사랑합니다? 이것은 역시 쉽지 않다. 사랑의 문은 내가 질투심의 뿌리를 잘라낼 때, 비교의 사슬을 끊어버릴 때만 열린다.

넷째, 못돼서 미운 사람. 그냥 미운 게 아니라, 잘나가서 미운 게 아니라 못된 짓을 해서 미운 사람. 자기가 잘되기 위해 나를 짓밟은 사람, 내 이익을 해친 사람. 이 경우 '미용고사'는 정말 어렵다. 증오가 더해졌기 때문이다. 내가 잘못한 것도 아닌데 내가 왜 미안해, 네가 미안해야지. 내가 왜 용서를 구해, 네가 용서를 구해야지. 여기서 길은 막히고 대화는 끊긴다. 답은 사라진다.

이것저것 꼬치꼬치 따지는 나, 분별하고 차별하는 나, 한 치의 이익에 목숨 거는 나, 나는 괴롭다. 고단하다. 욕심이 앞서는 당신, 그대도 인생 공부 중이다. 그대도 행복을 원한다. 그러니 내가 먼저 작은 나를 놓는다. 사과한다. 미안합니다. 나의 증오에 용서를 구한다. 증오를 깨닫고 떨치게 해 준 당신, 고맙습니다. 마지막으로 사랑합니다? 물론 이건 매우 어렵다. 원수를 사랑하라는 것이니까.

눈사람

실종사건

한겨울에 눈사람이 사라졌다. 눈사람 실종사건이다. 지구가 열병에 걸려 눈 대신 비만 내린 것도 아니다. 이상 한파가 닥쳐 눈은 오지 않고 겁나게 춥기만 했던 것도 아니다. 눈이야 펑펑 왔다. 질리게 왔다. 그렇다면 눈사람은 어디로 갔을까? 눈 속에 파묻힌 것일까?

눈이 와도 사람들이 눈사람을 만들지 않는다. 아이들은 학원 아니면 집에 콕 박혀 있다. 어른들은 온통 짜증뿐이다. 남의 얘기를 빌릴 필요가 없다. 2010년 악몽의 새해 첫 출근길, 아침 7시 15분에 집을 나서 11시 15분에 회사에 도착했다. 평촌에서 광화문까지 4시간. 갑작스런 폭설에 남태령 고개가 통제됐고, 차들은 눈에 갇혀 오도 가도 못했다. 나는 고속도로 쪽으로 우회한 버스에 꼼짝없이 갇혀 있었다. 솔직히 볼일도 봐야겠는데 고속도로에 내릴 수도 없고 이런 낭패가.

그날 뉴스는 요란했다. 대충 읊어보면 실감이 날 것이다. 눈폭탄, 사상 최악의 폭설, 대폭설 재난, 도심 하루 종일 마비, 하얗게 질린 도시, 길거리

거대한 주차장, 공항 전편 결항, 103년 기상관측사 기록 경신, 지하철 정전, 지하철이 지옥철, 무더기 지각사태, 국무회의도 지연, 비닐하우스 폭삭, 제설전쟁, 빙판사고, 교통사고 부상자 속출, 지붕의 눈 치우다 떨어져 사망, 산간마을 눈에 고립 등등. 이렇게 한참 야단법석 떠는 걸 보니 어쩐지 내 고생도 위로를 받는 느낌이다.

하지만 아무리 눈 탓을 해도 눈은 묵묵부답이다. 뭔가 부족하다. 좀 더 깐깐하게 책임을 따지고 물어야 한다. 기상청에서는 눈 조금 온다더니 또 틀렸다. 슈퍼컴퓨터 왜 샀나. 서울시 제설대책 주먹구구. 지하철 운행 관리 완전 엉망. 시민정신 어디 갔나, 제집 앞 눈도 안 치운다 등등.

이제 기분이 좀 풀린다. 화풀이는 이쯤하고 차분하게 폭설의 원인을 짚어보자. 올해는 시베리아에 눈이 많이 왔고 그 눈이 햇빛을 반사해서 냉기가 커졌는데 마침 남쪽에서 제트기류를 탄 저기압이 지나가다 서로 부딪쳐서 큰 눈을 만들었다. 중국 내륙의 북서 한랭전선이 발달해 겨울 황사까지 몰고 오다 서해바다의 따뜻한 수증기를 만나 큰 눈이 됐다.

설명이야 항상 논리정연하다. 같은 방식으로 시베리아에 왜 눈이 많이 왔고, 중국 내륙에 왜 한랭전선이 발달했는지도 풀이하면 지적 만족감이 충족되려나. 요즘에는 미니빙하기 도래설까지 등장했다. 기상학자들이 뒤늦게 제철을 만난 것 같다.

그렇다면 눈사람 실종사건에 대해서도 과학수사를 해보자. 우선 예비문제. 폭설대란 와중에 도심 고갯길에 스노보드 족과 스키 족이 출현했다. 이 별종을 어떻게 해야 하나? 답은 그날 뉴스에 있다. '대단히 위험하다. 자칫 큰 사고로 이어질 수 있다. 다른 사람에게도 피해를 입힐 수 있다. 도로교통법 위반이고, 범칙금이 부과된다.'

같은 맥락에서 눈사람 실종사건은 도무지 사건이 아니다. 그건 전혀 위험하지 않다. 아무에게도 피해를 입히지 않는다. 누구도 짜증나게 하지 않는다. 법으로 걸릴 게 없다. 그걸 사건이라고 하는 사람은 정상이 아니다. 문명의 병이 깊어 감성이 메말라버렸다. 순백의 눈도, 그 눈을 바라보는 마음도 첨단 도시 문명에 오염되어버렸다. 눈은 문명의 불청객일 뿐이다.

나는 꿈을 꾼다. 깊은 산속 오두막집, 사랑하는 사람과 눈 속에 갇혔다. 집 안에는 요리할 것, 마실 것, 읽을 것들이 충분하고 땔감도 넉넉히 쌓여 있다. 문밖에서는 눈사람이 웃음 짓는다. 세상은 눈으로 가득하다. 눈의 나라, 설국에서 나는 행복하다. 눈은 쉬지 않고 내린다. 나는 눈에 감동한다. 그 눈은 기상관측 이래 가장 아름다운 눈이다.

눈사람은 눈을 반기는 사람 곁에만 있다. 올 겨울, 그 눈사람이 사라졌다.

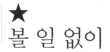

볼 일 없이

산다

언제 아침 해가 뜨고, 언제 저녁 해가 지는지 모르게 하루가 간다. 고개를 들어 하늘을 보지 않으니 하늘에 해가 어디쯤 떠 있고, 구름이 어디로 흘러가는지 알 턱이 없다.

동트는 새벽하늘을, 붉게 물든 저녁노을을 우두커니 바라본 적이 언제인가. 밤에도 달을 찾지 않으니 당연히 달이 떴는지 안 떴는지 모르고, 그 달이 보름달인지, 반달인지, 초승달인지 모른다. 물론 별이 돋았는지, 은하수가 흐르는지 안중에 없다. 그건 그냥 하늘의 일일 뿐 뉴스가 아니다.

땅에는 흙이 없다. 인도는 보도블록으로, 차도는 아스팔트로 덮여 있다. 빈틈이 생기면 시멘트로 틀어막는다. 땅의 기운이 새어나올 곳이 없다. 요즘에는 운동장도 폴리우레탄을 깔아야 고급이다. 걷고 달리는 것은 기계 위에서 한다. 올림픽을 봐도 흙먼지 날리는 종목은 없다. 어디 남은 흙 길이 있으면 빨리 덮어버려야 속이 후련하다. 그래야 자동차가 잘 달릴 게 아닌가.

해가 나면 자외선이 부담스럽고, 비가 오면 산성비가 걱정된다. 바람 불면 황사가 두렵고, 눈이 오면 교통대란이 겁난다. 빌딩마다 누가 바닥에 빗물을 떨어뜨리는지, 지저분한 발자국을 찍는지 노심초사하니 드나들기도 조심스럽다.

계절은 그냥 오간다. 1년 내내 사무실의 온도는 비슷하다. 겨울에는 추운 줄 모르고, 여름에는 더운 줄 모른다. 자동차 안도 그렇고, 아파트도 그렇다. 꽃피는 봄인가 싶으면 여름이고, 덥다 싶으면 가을이다. 그야말로 별★ 볼 일 없이 산다.

아침이면 목이 탁 막히도록 넥타이를 졸라매고 출근길에 나선다. 하루 종일 손가락이 제일 바쁘다. 밥 먹고, 신문 보고, 자판 두드리고, 클릭하고, 리모컨 버튼을 조작하느라 손가락은 쉴 틈이 없다. 우리나라 손가락 기술이 세계 최고가 될 만도 하다. 나머지 몸은 별로 움직일 일이 없다. 마음이 바쁜 사람들은 잠시 걷는 것도 성가시다. 그래서 그것마저 줄이고 나면 하루 24시간을 거의 완벽하게 앉거나 누운 자세로 보낼 수 있다. 집에서는 소파에, 사무실에서는 의자에, 출퇴근길에는 빈 좌석에 등을 기댄다.

도심의 이런 일상에 지地 · 수水 · 화火 · 풍風은 없다. 언제부터인가 학교 교과서에서도 '자연'이 사라졌다. 그것은 탐구하고, 이용하고, 개발해야 할 대상이다. 말이 그렇지 실제로는 군림이요, 수탈이다. 빈터는 두고 볼 수 없다. 넓은 땅에는 틀림없이 아파트가 들어선다. 맑은 물은 공장에서 만든다. 공기는 매연이다. 한줄기 바람은 공기청정기가 대신한다. 새소리는 멀어졌고, 자동차 소음만 요란하다. 아이들은 떠들면 안 되고, 집에서 뛰면 안 된다. 그걸 지키면 않으면 어른들이 욕을 먹는다. 강아지도 짖으면 혼난다.

우리 아이들이 바람에 흔들리는 나뭇잎 소리를 듣고,

그 바람이 전하는 꽃향기를 맡아 보았을까.

그 애들이 자라 우리처럼 어른이 되면 어떤 모습일까.

세상은 디지털 세상이고, 유비쿼터스 시대다. 만물은 유무선 네트워크 상에 존재한다. 누구도 빠져나올 수 없는 그 촘촘한 그물망으로 앞다퉈 들어간다. 애들은 평균 3.2세 때부터 인터넷을 한다.

그 애들이 발에 흙은 묻혀봤을까. 바람에 흔들리는 나뭇잎 소리를 듣고, 그 바람이 전하는 꽃향기를 맡아보았을까. 그 애들이 자라 우리처럼 어른이 되면 어떤 모습일까. ★ 볼 일 없이 자랐는데, ★ 볼 일 있는 사람이 될까.

거울 보는

남자

"거울아, 거울아."

아침마다 거울에게 묻는다. 수염을 깎고, 로션을 바르고, 빗질한 머리에 헤어스프레이를 뿌린 다음 거울에게 묻는다.

"이 세상에서 누가 제일 멋있니?"

잘 다린 와이셔츠에 넥타이를 골라 매고 또 한 번 묻는다.

"이 정도면 내가 제일 멋있지?"

거울을 들여다보는 나의 눈은 흐리멍덩하다. 그 눈은 잠에서 덜 깼거나 술에 그대로 잠겨 있다. 아니면 피로와 스트레스의 앙금이 남아 붉게 충혈되어 있다. 잘 들여다보면 탐욕의 핏발도 서려 있다. 눈이야 동태눈이든 아니든 머리는 곱게 빗고, 얼굴의 티는 감춰야 한다. 그래서 거울로부터 '합격' 판정을 받으면 비로소 출근길에 나선다.

사실 거울이 '합격'을 말하기 전에 나는 그 답을 듣고 있다. 흐리멍덩한 눈은 내 마음이 보고 싶은 대로만 보고, 내 마음은 듣고 싶은 답만 듣는다.

아침이 아니어도 어디에 거울만 있으면 나는 그 거울을 들여다보고 거울에게 묻는다. "지금도 내가 제일 잘났니?" 나보다 심한 사람은 거울이든 아니든 무언가 얼굴이 비치는 것만 있으면 들여다보면서 묻는다고 한다.

내 거울로 나만 보는 것도 아니다. 나는 하루 종일 남에게 내 거울을 비춰본다. "나보다 잘났니, 못났니?" 틈만 나면 거울에게 묻고는 답을 기다린다. 그 거울에 비친 남이 나보다 잘나면 속이 편치 않다. 못 견딜 정도로 그가 부러우면 거울을 깨든지, 내 얼굴을 뜯어고치든지 해야 한다. 강남의 성형외과가 문전성시라는데 다 거울 덕인 것 같다. 그러나 이런 거울이라면 차라리 깨버리자.

미국의 한 중년 여의사가 어떤 특별한 운명으로 인해 호주의 원주민 부족과 호주 대륙을 횡단하는 여행을 떠난다. 넉 달이 걸린 도보여행엔 거울이 없다. 사방은 온통 모래사막이다. 거울은 물론 얼굴을 비출 만한 그 어떤 것도 없다. 그녀는 거울이 아닌 다른 사람으로부터 자신의 모습을 본다. 흐트러진 머리와 옷매무새와 얼굴의 티는 아무런 문제가 되지 않는다. 그녀는 비로소 거울로부터 해방된다. 그리고 눈이 맑아진다. 마음을 들여다보는 거울을 찾은 것이다. 그녀는 말한다.

"거울이 없는 것이 내 의식에 큰 영향을 미치고 있었다. 밖을 내다보는 두 눈만이 생생하게 살아 있을 뿐이었다. 언제나 밖을 내다보고, 다른 사람을 바라보고, 그들이 내가 한 말과 행동에 어떻게 반응하는가를 관찰했다. 남의 관심을 끌기 위해 위장하거나 가식을 부릴 필요가 없었고, 그럴 만한 에고도 사라졌다. 나는 생애 최초로 내 삶이 완벽하게 정직해진 것을 느꼈다."

말로 모건, 『무탄트 메시지』

우리는 매일매일 거울과 씨름하지만 그 거울은 껍데기만 비출 뿐이다. 그 껍데기가 그럴듯하면 다른 건 상관없다. 껍데기가 그럴듯하면 속도 그럴듯한 것으로 착각하는 사람도 많다. 하지만 스타는 스타이고, 얼짱은 얼짱일 뿐이다. 그들의 인격까지 스타는 아니다. 이미지가 좋다고 정치까지 잘한다는 법도 없다. 우리는 얼마나 얄팍한 것에 매달리고 있는가.

나는 흐리멍덩한 눈을 감는다. 그리고 내 마음에 거울을 비춰본다. 내 마음의 필름들이 버벅거리며 돌아간다. 내 안의 거울은 녹슬어 있다. 그 거울에 비친 나는 욕망과 질투, 집착과 나태로 일그러져 있다. 나는 그 거울에 아무것도 묻지 않는다.

내 마음
나도

몰라

마음이 무엇인지 그 답이 쉽지는 않으리라. 다들 "내 마음 나도 모른다"고 하지 않는가. 그러니 바로 답을 구하지 말고 에둘러 가보자. 잘 살펴보면 힌트가 많다.

우선 가장 아름다운 비유, 마음은 호수다. 마음은 호수여서 잔잔하기도 하고, 물결이 일기도 한다. 맑기도 하고, 탁하기도 하다. 맑고 잔잔한 호수에 달이 비치듯 맑고 잔잔한 마음에 지혜의 달이 뜬다. 마음을 가라앉히면 마음에 가렸던 내가 드러난다.

둘째, 마음은 나를 비추는 거울이다. 호수와 비슷한 비유다. 거울이 맑아야 나를 제대로 비출 수 있다. 거울이 더러우면 나도 더러워진다. 거울이 울퉁불퉁하면 나는 기형이 된다. 마음이 더러우면 나도 더럽고, 마음이 비뚤면 나도 비뚤어진다.

셋째, 마음은 바다다. 바다처럼 넓고 깊다. 호수에 비할 바 아니다. 위에서는 항상 파도가 친다. 때로 격랑이 인다. 그러나 깊은 바닷속은 언제나 평온하다. 마음이 얕은 사람은 파도가 된다. 이리저리 세파에 밀려다니면서 부서지고 또 부서진다. 자기가 바다의 물결이라는 것을 모른다. 그러나 마음이 넓으면 세파에 휩쓸리지 않는다. 모든 것을 담아내고 평화롭다. 그는 바다다.

넷째, 마음은 상자다. 닫으면 답답하고 열면 시원하다. 생각을 가득 채우면 복잡하고, 감정을 가득 채우면 들끓는다. 생각과 감정을 비우면 가볍고 개운하다. 보석을 담으면 보석상자가 되고, 쓰레기를 담으면 쓰레기통이 된다.

다섯째, 마음은 도구다. 마음은 쓰는 것이다. 우리말 '말씀'은 '마음을 쓰다'는 뜻이라 한다. 말이나 도구가 그렇듯 마음은 잘 쓰면 유용하지만 잘못 쓰면 위험하다. 잘 쓰면 '이기利器'가 되고 잘못 쓰면 '흉기'가 된다.

마음이 쓰는 것이라면 마음은 내가 아니다. 나는 마음을 쓰는 자다. 마음을 잘 쓰려면 마음을 잘 다뤄야 한다. 마음을 잘 다루지 못하면 마음에 휘둘린다. 마음이 나를 점령한다. 마음이 제 마음대로 내 행세를 한다. 나는 마음의 주인이 되지 못하고 마음의 종이 된다. 마음의 종이 된 나는 분주하고 고단하다.

여섯째, 마음은 어린아이 같다. 아주 여리다. 쉽게 상처 받는다. 수시로 아프고 쓰리다. 이것저것 원하는 게 많다. 챙겨주지 않으면 자꾸 보챈다. 변덕이 심하다. 다루기 어렵다. 사랑으로 보듬는 게 다그치는 것보다 효과적이다. 원칙과 훈련이 필요하다. 고통을 싫어한다. 그러나 고통을 통해 단련하면 더욱 강해진다.

일곱째, 마음은 '과거+미래'다. 인도의 명상가 오쇼의 심오한 통찰이다.

마음에 휘둘리지 마라.
마음을 잘 쓰고, 잘 다스려라.
마음을 넘어서라.
마음 너머에 내가 있다.

"과거는 더 이상 아니며 미래는 아직 오지 않았는데, 그대의 마음은 이 두 가지 비존재적인 것으로 이루어져 있다. 즉 기억과 상상력, 기억과 욕망, 기억과 희망으로 말이다. 그대가 미친 상태에 살고 있는 것은 바로 이 때문이다. 현재는 전혀 마음의 일부가 아니며 현재는 존재에 속해 있다."

그의 가르침처럼 마음은 정말 과거와 미래를 먹고사는 허깨비다. 거짓된 자아는 이 허깨비에 달라붙어 있다.

무슨 일을 하든 그 순간에 완전히 몰입하면 마음은 사라진다. 그 일과 나는 하나가 되어 마음이 비집고 들어설 틈이 사라진다. 너무 기뻐서 웃음을 터트리는 순간, 너무 감동적이어서 전율하는 순간, 너무 아름다워 감탄하는 순간, 이럴 때 나는 온전하게 그 자리에 있다. 나는 무아이고, 무심하다.

반대로 무슨 일을 하든 그 순간 몰입하지 못하면 그 틈으로 마음이 끼어든다. 그 마음은 내일의 욕망과 두려움, 과거의 추억과 회한 속에 있다. 이것을 빼면 마음도 없다.

이쯤에서 정리하자. 위의 일곱 가지는 아마 이런 말일 것이다. 마음에 휘둘리지 마라. 마음을 잘 쓰고, 잘 다스려라. 마음을 넘어서라. 마음 너머에 내가 있다.

꽃보다 |

아름답기

겨울의 정원엔 꽃이 피지 않는다. 꽃은 지고 사라졌다. 벌과 나비도 떠나갔다. 텅 빈 꽃밭, 찬바람이 쓸고 지나간다. 꽃이 없는 정원은 쓸쓸하다. 나는 벌써 꽃피는 봄을 기다린다. 남녘의 매화꽃 소식을 기다린다.

올해는 열심히 꽃을 찾았다. 이른 봄부터 꽃의 사계를 좇았다. 피고 지는 꽃의 삶을 들여다보았다. 그러면서 내 안의 꽃도 조금 더 피웠다.

꽃을 대하는 방법은 여러 가지다. 그것은 님을 만나는 것과 같다.

첫째, 무관심. 그냥 지나친다. 꽃이 눈에 띄지 않는다. 돈이 되는 것도 아니고, 밥이 되는 것도 아니다. 있어도 그만, 없어도 그만이다. 나와 상관없다.

둘째, 어쩌다 한 번씩 눈에 띈다. 눈에 띄면 잠깐 본다. 어떤 꽃은 예쁘고, 어떤 꽃은 별로다. 하지만 대부분 그 꽃이 그 꽃이다. 꽃은 값비싼 기호품이다.

셋째, 꽃이 자꾸 눈에 들어온다. 꽃에 눈길이 간다. 아름다움을 느낀다. 이 꽃과 저 꽃이 다르다. 꽃의 이름이 궁금하다. 꽃의 이름을 찾아 부른다.

꽃을 보러 정원으로 가지 마라.

그대 몸 안에 꽃 만발한 정원이 있다.

이름을 부르는 것은 관심의 시작이다. 그러니 이름을 부르면 그 꽃은 나에게 다가온다. 아름다운 만남이다. 꽃과 나는 마침내 관계를 맺는다. 그 많은 꽃 중에서 바로 그 꽃, 그 많은 씨앗 중에서 바로 그 씨앗, 그 넓은 자리에서 바로 그 자리, 그 씨앗이 바로 그 자리에서 피어 오늘 나와 만난다. 기적처럼. 그 꽃과 나, 두 개의 기적이 드디어 만난다. 하나의 기적에 얼마나 많은 기적이 있었고, 또 하나의 기적에 또 얼마나 많은 기적이 있었던가. 두 개의 기적이 만난 두 배의 기적에 나는 놀란다.

하지만 이름은 이름일 뿐이다. 이름을 부른 다음엔 이름에 매여서는 안 된다. 이름을 안다고 그 꽃을 아는 것은 아니다. 물론 그 꽃을 사랑하는 것도 아니다. 이름에 매달리면 이름에 갇힌다.

넷째, 꽃을 응시한다. 가까이 다가가 이리 보고 저리 본다. 아름다움을 살핀다. 구석에 몰래 핀 야생화를 무심코 지나치지 않는다. 꽃의 생리, 특징, 꽃말 등을 살핀다. 꽃에 대한 지식이 풍부해진다. 꽃을 심고 기른다. 꽃에 돈을 쓴다. 꽃을 소유한다.

다섯째, 꽃을 즐긴다. 꽃은 생명의 절정이다. 그 절정에 감동한다. 절정에 이르는 순간을 숨죽이며 바라본다. 절정을 지나는 순간을 애틋하게 바라본다. 꽃을 그 자체로 사랑한다. 모든 꽃은 아름답다. 이 꽃은 이래서 아름답고, 저 꽃은 저래서 아름답다. 꽃은 서로 흉내 내지 않는다. 제각각 자기의 아름다움으로 어울린다. 주장하지 않고 어울린다. 같은 꽃은 없다. 그래서 더 아름답다. 사람도 꽃처럼 아름답다.

여섯째, 꽃과 하나가 된다. 꽃을 보면 마음속에도 꽃이 핀다. 꽃은 내 안에 있다. 내 안에 아름다운 정원이 있다. 그 정원에서 연꽃 한 송이 피어나고, 백합 향기 날리고, 장미꽃 만발하다. 이쯤 되면 사람이 꽃보다 아름답다.

인도의 시인 까비르는 노래한다.

"꽃을 보러 정원으로 가지 마라. 그대 몸 안에 꽃 만발한 정원이 있다"고.
"거기 연꽃 한 송이가 수천 개의 꽃잎을 안고 있다"고.

꽃이 사라진 12월의 정원. 나는 그곳에서 꽃을 그리워한다. 돌이켜보면 꽃의 시간은 매우 빠르다. 봉오리를 맺는가 싶더니 어느새 꽃망울을 터트린다. 얼굴을 내밀고, 싱싱하게 피어난다. 절정에 이르고, 성숙한다. 완벽의 순간은 짧다. 금세 시들고, 지고, 스러진다. 열매를 맺고 땅으로 돌아간다. 그 땅에서 겨울을 나고 어김없이 다시 돌아온다.

꽃의 일생은 우리의 삶을 압축적으로 보여준다. 꽃이 지는 것은 꽃의 죽음이다. 꽃들은 무수히 피어나고 무수히 죽는다. 이 꽃이 지면, 저 꽃이 핀다. 저 꽃이 지면 또 다른 꽃이 피리라. 그래서 꽃은 끝없는 생명의 기운이다. 바로 그와 같이 나도 무한한 생명의 기운일 것이다.

그대의 마음을

여는 법

90세 생일을 맞은 넬슨 만델라 전 남아프리카공화국 대통령. 멀고 험한 길을 헤쳐왔건만 여전히 정정한 모습이다. 인기도 대단해서 영국 런던 하이드파크에서는 성대한 기념 콘서트가 열렸다. 이날 판매한 티켓이 4만6,664장인데 이는 만델라가 입던 죄수복의 번호를 상징한 것이라고 한다. 그의 27년 옥고가 이렇게도 위안을 받나 보다.

미국 시사주간지 「타임」도 그를 표지인물로 싣고 '만델라 리더십의 8가지 비결'을 소개했다. 그 비결이 의미심장하다.

1. 용기는 두려움이 없는 것이 아니라, 사람들이 두려움을 이길 수 있도록 고무하는 것이다.
2. 선두에서 이끌되 지지자들과 떨어지지 말라.
3. 뒤에서 이끌어 다른 사람들이 선도한다고 여기게 하라.
4. 적을 알고 그들이 좋아하는 스포츠까지 배워라.

5. 동료뿐 아니라 라이벌과도 가까이 지내라.

6. 외모에 신경 쓰고 미소를 잊지 말라.

7. 흑백 논리를 버려라.

8. 그만두는 것도 리더십이다.

이 8가지 리더십을 관통하는 정신은 관용과 포용, 그리고 배려다. 만델라는 90회 생일 기념강연에서 "타인에 대한 배려를 인간적 가치의 중심에 놓아야 한다"고 강조했다. 평생 화해와 타협을 부르짖으며 남아공의 인종차별정책에 비폭력 노선으로 맞서온 그의 면모가 새삼 크게 느껴진다.

그는 '아프리카의 간디'라 할 만하다. 만델라와 간디가 위대한 것은 비폭력의 정신과 그것을 관철시키는 지혜로운 길을 흔들림 없이 지켰다는 점일 것이다. 남아공에서 인권운동을 펼치다가 인도로 돌아온 간디는 1918년 아메다바드 섬유공장 노동자들의 파업지원 요청을 받는다. 그때 간디는 노조에 대해 4가지 맹세를 요구한다.

첫째, 폭력을 사용하지 말 것.

둘째, 결코 파업방해자들을 괴롭히지 말 것.

셋째, 타인의 의연금에 의존하지 말 것.

넷째, 파업이 아무리 오래 계속되더라도 결코 흔들리지 말고, 파업 중에는 다른 정당한 노동으로 빵 값을 벌 것.

오늘날 우리의 대기업 노조 지도자들에게 파업을 하되 이렇게 하라고 하면 겸허하게 받아들일까.

간디는 그의 자서전에서 거듭 말한다.

> "경험에 의하면 온건함은 사티아그라하비폭력 저항에서 가장 어려운 것
> 이다. 여기서 온건함이란 다만 말을 공손히 하는 외양적인 것이 아니라
> 속으로도 공손히 하고 저쪽에 대해 선을 행하는 것을 말한다. 이것이 사
> 티아그라하를 하는 사람의 모든 행동에서 나타나야 한다."

간디의 진실한 추종자 겸 동지로 간디와 함께 사티아그라하를 실천하며 부단토지헌납 운동을 이끌었던 비노바 바베. 그는 1963년 반전 반핵과 생명 평화의 메시지를 전하기 위해 인도에서 미국까지 1만2,800킬로미터를 걸었던 '녹색 성자' 사티시 쿠마르에게 '비폭력'으로 상대의 마음을 여는 방법을 다음과 같이 가르친다.

"집 안으로 들어가고 싶은데 높은 담이 주위에 둘러싸여 있다면, 자넨 어떻게 할 텐가? 만약 담을 부숴 안으로 들어가기 위해 담벼락에 힘껏 머리를 찧는다면 무슨 일이 벌어질까? 아마 머리가 깨져 피가 날 뿐이겠지. 하지만 문을 찾아낸다면 쉽게 집 안으로 들어가 가고 싶은 곳은 어디든 갈 수 있을 거야. 그러자면 먼저 문을 찾아야겠지. 내가 만나는 지주들은 모두 결점투성이에 이기주의로 똘똘 뭉친 사람들이지만, 그래도 마음속으로 들어갈 수 있는 작은 문은 가지고 있어. 그 문을 찾을 준비가 되어 있다면 그것

아무리 좁은 문이라도 오로지 문으로 들어가라.

은 곧 자네가 자신의 이기주의에서 벗어났으며, 그의 마음속에 들어갈 수 있다는 것을 뜻하네.

그의 결점 따위는 걱정하지 말고 그의 마음의 문을 찾는 데만 전념하게. 나는 모든 지주들에게서 그들의 마음의 문을 찾으려 애쓰고 있네. 그리고 만약 그 문을 찾지 못한다면 그것은 높은 담벼락 안으로 들어가려 머리를 찧어대는 나의 어리석음 때문일 거야."

아무리 좁은 문이라도 오로지 문으로 들어가라! 끼리끼리 모여 패를 가르고 나와 뜻을 달리하는 편을 미워하고 배척하는 '조폭문화', 이념과 노선이 다른 세력을 힘으로 제압하고, 안 되면 폭력으로 맞서 깨고 부수는 '폭력문화.' 혹시 우리가 그렇다면 정말 부끄럽지 않은가?

내 마음을
다스리는 주문

3가지

'욕망의 뚜껑, 의지의 덮개.'

남들이 보면 우습겠지만 이게 올해 나의 첫 화두였다. 나는 이걸 가지고 담배를 끊었다. 담배를 피우고 싶으면 주문처럼 외우는 것이다.

'아! 욕망의 뚜껑이 열리는구나, 의지의 덮개로 덮어야지.'

이렇게 중얼거리면서 나는 오늘도 담배의 유혹을 떨친다.

욕망의 힘은 강력하다. 갖고 싶은 것은 가져야 하고, 즐기고 싶은 것은 즐겨야 한다. 먹고 싶으면 먹고, 마시고 싶으면 마시고, 피우고 싶으면 피워야 한다. 나는 이런 욕망으로 가득 차 있다.

부추기는 세력도 곳곳에 널려 있다. '원하면 가지세요', '참지 말고 즐기세요.' TV 광고는 대개 이런 내용이다. 이들의 집요한 유혹을 뿌리치려면 의지의 힘도 강해야 한다. 나는 천근만근 무거운 맨홀 덮개를 연상한다. 의지의 덮개가 이 정도는 되어야 준동하는 욕망을 제압할 수 있지 않겠나.

아직까지 금연하고 있는 것을 보니 이 '주문'은 확실히 효과가 있다.

욕망의 뚜껑이 열리는구나.

의지의 덮개로 덮어야지.

더구나 이 주문은 금연에만 통하는 게 아니다. 시시각각 뚜껑을 열고 나오는 욕망이 한두 개인가. 지금도 이런저런 뚜껑이 들썩거리고, 나는 연전연패를 면하기 위해 안간힘을 쓴다.

두 번째 주문은 첫 번째 것보다 고상하다. '수류화개水流花開.' 물 흐르고, 꽃이 피어난다. 어느 날 법정 스님의 글을 읽다가 이 말이 나에게 꽂혔다. 절을 찾은 한 젊은이가 법정 스님에게 "수류화개실이 어디냐"고 물었다. 스님은 "바로 그대가 서 있는 곳"이라고 답한다.

맞다. 지금 내가 서 있는 이 자리에 맑은 물이 흐르고, 꽃이 피어야 한다. 그런데 지금이 아니라 어제나 내일에 매달리고, 이 자리가 아니라 다른 자리를 탐하며 어정쩡하게 살아서는 안 된다. 꽃도 나의 꽃을 피워야지 다른 꽃을 흉내 내서는 안 된다. 머무는 자리에 꽃향기도 나야 한다. 인생을 허비하면서 지저분하게 살면 안 된다.

나는 수시로 주문을 외우며 나의 모습을 떠올린다. 물 흐르듯 막힘이 없는가. 어딘가 고여 역한 냄새를 풍기는 곳은 없는가. 나의 꽃은 어떤 모양인가. 화려하고 향기로운가, 소박하고 아름다운가. 수류화개, 방심하면 물길이 막히고 꽃은 시든다.

요즘에는 주문을 하나 더 늘렸다.

'이익에 따라 마음을 바꾸지 말라.'

이 주문을 마음에 담고 보니 이게 보통 내용이 아니라는 걸 실감한다. 눈앞의 이익에 내 마음은 갈대처럼 흔들리고, 순한 양처럼 고분고분하다.

돈이 걸리면 즉각 계산기가 켜진다. 필요 없는 물건도 돈이 될 것 같으면 마음이 분주하다. 같이 잘살자면서 남이 잘되면 내가 손해를 본 것 같아 신경이 곤두선다. 나의 일상은 이런 시험들로 가득 차 있다. 마음은 항상 달콤한 이익을 향해 열심히 달려간다.

나는 주문을 외어본다. 수리수리 마수리…. 그러면 이 시대의 코미디 한 장면이 먼저 떠오른다. '주여', '나무관세음보살', 아니면 '옴 마니 반메훔.' 이런 말을 입에 달고 사는 사람들이 연출하는 웃지 못할 코미디. 나는 긴장하고 경계한다. 나도 지금 그런 걸 하면 안 되는데….

줄 것도
받을 것도

없다

남에게 빚진 것 없다. 혹시 나에게 받을 게 있는 사람은 나를 욕하기 전에 알려달라. 나는 알고도 모르는 체할 만큼 얼굴이 두껍지 않다. 남에게 받을 것도 없다. 몇몇 사람이 빌린 돈을 갚지 않았지만 이제는 받기를 포기했다. 아깝고 속 쓰리지만 미련을 버렸다.

주는 것 없이, 받는 것도 없이 그렇게 오래전부터 살아왔다. 돈이야 항상 부족하니 베풀 게 없다. 얼마만큼 벌어야 부족함을 면해 인심 후하게 쓰면서 살 수 있을지 모르겠다. 거리의 걸인쯤은 보고도 못 본 척 지나친다. 한 푼의 돈보다 돈 버는 기술을 가르치는 게 더 중요하다고 말은 잘한다.

'노블레스 오블리주', 이런 말도 쓰면 근사하다. 요즘에는 봉사활동이나 기부행사를 하는 회사가 많은데 그런 기회라도 있으면 모를까 내가 먼저 나서는 일은 없을 것이다. 내 일이 너무 바빠 시간도 나눠줄 수가 없다. 틈틈이 집안 대소사를 챙기기도 벅차다. 고단한 몸을 추스르기 힘드니 몸으로 때우는 일은 엄두조차 못 낸다.

마음도 함부로 열어주지 않는다. 많은 사람을 만나지만 대부분 일 때문이다. 때로 술자리를 갖고 개인적인 친분을 쌓지만 업무가 바뀌면 그걸로 끝이다. 결국은 '짱구'를 잘 굴려야 손해 보지 않는다. '윈윈'을 논하지만 아차 하면 당한다. 친구들은 험한 세상을 살고 있어 얼굴 보기 어렵다. 일 년에 한두 번 정도 만나고 그것도 뜸해지면 멀어진다.

이웃은 없다. 아파트 옆집에 누가 사는지, 식구가 몇인지 모른다. 예전에는 '너무 심한가' 싶어 기웃거리기도 했지만 이젠 무덤덤하다. 그쪽도 그런 식이다. 엘리베이터에서 만나도 그냥저냥 스쳐 지나간다. 이웃이 없으니 번거롭게 이웃을 챙길 일도 없다.

세상은 숨 막히는 전장이다. 승자가 모든 걸 차지한다. '20 대 80'이라더니 이젠 '10 대 90'의 법칙이란다. 패배의 대가는 결정적이다. 그러나 승자도 안심하지 못한다. 승부는 거듭되고 패하지 않으려면 정신 바짝 차려야 한다. 양보는 없다. 승자도 고단하니 결코 행복하지 않다. 팽팽한 스트레스를 견디는 게 경쟁력이다. 업무는 과중하다. 세상에 물자가 넘쳐나도 자꾸자꾸 만들어낸다. 필요를 넘어선 물건을 사고파느라 말도 많고 탈도 많다.

모두가 승자 되고, 함께 잘사는 그런 길은 보이지 않는다. 한때는 민중을 논하고 공동체니 연대니 하면서 목소리를 높였으나 흘러간 노래일 뿐이다. 아직도 그 노래를 부르는 사람이 있지만 부릅뜬 눈이 살벌하다. "한 치도 물러설 수 없다"는 그들의 적의가 부담스럽다.

만족을 모르니 항상 부족하다. 탐욕의 경제다. '어떻게 하면 판을 잘 벌이고 능숙하게 사람을 다뤄 돈을 많이 벌까' 하는 고민으로 머리가 아프다. '어떻게 하면 즐겁게 일하고 행복하게 살까' 이런 건 별로 고민하지 않는다.

그래도 가끔씩 누군가의 애석한 사연을 들으면 마음이 짠하다. 슬픈 영화나 드라마를 보면 눈물이 난다. 어처구니없는 사기행각이나 정치쇼에 분노한다. 그걸로 잽싸게 메마른 마음을 적시고, 카타르시스 효과를 거둔다. 그것은 값싼 동정보다 더 경제적이다. 더 싸구려다. 아니 돈 한 푼 들지 않는 완전 공짜다.

남들이 원하는
내가

나는 아니다

'깜짝 은퇴'를 선언한 김기덕 감독의 「나쁜 남자」. 이 영화에는 나쁜 남자와 착한 여자가 나온다. 나쁜 남자는 착한 여자를 철저히 망가뜨린다. 그는 피도 눈물도 없다. 그런데 그에게도 어딘가 선량한 구석이 숨어 있다. 반대로 착한 여자는 나쁜 것에 물들며 받아들인다. 이렇게 나쁜 남자의 선량한 구석과 착한 여자의 불량한 구석이 만나는 지점에서 두 사람은 서로 동정하고 의지한다.

나는 이 영화가 싫다. 불편한 얘기를 너무 적나라하게 끌고 가기 때문이다. 감독은 내가 불편해하든 말든 개의치 않는다. 나는 무시당한 기분이다. 더구나 이 영화는 바로 내 안에도 나쁜 것과 착한 것이 공존하고 있다는 비밀을 들춰내는 것 같다.

영화 평을 쓰려는 게 아니니까 본론으로 들어가자. 한 검사가 피의자의 수뢰 혐의를 밝히기 위해 그의 통화내역을 조사했다. 그러나 단서는 잡히지 않고 애인이 셋이라는 사실만 드러난다. 그래서 그 애인들을 조사했더니 그들 역시 두세 명씩 애인을 두고 있다.

이 얘기를 들으니 우리들 사이에 거대한 '애인 사슬'이 있는 게 아닌지 의심스럽다. 나만 몰래 애인을 둔 줄 알았는데 알고 보니 나는 '애인 사슬'을 잇는 한 부분일 뿐이다. 하긴 어둡고 은밀한 곳에 뇌물과 청탁으로 엮인 '부패 사슬'만 있으란 법은 없다.

"그러면 당신은?"

혹시 이 대목에서 찔리는 사람이 있을지도 모르겠다. 그렇다면 나에게도 애인이 있는가? 그건 차마 밝히지 못하겠다. 그것은 우리 모두의 비밀이니까, 나의 고백이 다른 많은 사람들을 불편하게 할 수 있으니까….

대신 나의 착한 구석은 자랑 좀 해야겠다. 나는 '착한 남자'다. 어렸을 때는 말 잘 듣는 아이였고, 학교 다닐 때는 공부 열심히 하는 모범생이었다. 지금은 착한 가장이요, 착한 아빠다. 직장에서는 마음 좋은 '물부장'이고, 사회에서는 선량한 시민이다.

이처럼 착해지기 위해 애도 많이 쓴다. 빠짐없이 집안 대소사를 챙기고, 주변의 관혼상제도 섭섭지 않게 들여다본다. 힘들고 속상해도 남자답게 꾹 참고 의연하게 표정관리를 한다. 이렇게 남자다움을 과시하려는 속성을 '마초 근성', '남자다운 남자'인 척하려는 증상을 '존 웨인 증후군'이라고 한단다. 우리 식으로는 '변강쇠 근성', '훈이 아빠 증후군' 정도가 아닐까.

그런데 오래 살려면 이런 자세를 빨리 버려야 한다는 게 의사들의 충고다. '착한 남자'들이 복을 받기는커녕 일찍 세상을 뜨는 것은 불공평하다. 더구나 그 착한 남자들이 죽음 앞에서 '왜 그렇게 살았을까' 하며 가슴 아픈

회한을 느낀다면 참 억울한 일이다.

호스피스 운동에 평생을 바쳤던 엘리자베스 퀴블러 로스. 그녀는 죽음을 앞둔 사람들을 인터뷰한 내용을 다음과 같이 전한다.

> "(그들은) 그동안 자기가 맡은 역할이 너무 무거웠음을 깨닫습니다. 그리고 말합니다. '지금 난 모든 사람의 행복을 책임지지 않아도 되어서 너무 기쁘다.' 또한 자신이 그동안 다른 이들을 속여 왔음을 깨닫습니다. '난 다른 사람들을 조종하려 했다. 착하게 굴어서 다른 이들의 환심을 사려고 노력하면서.'"

나는 사실 착하지 않다. 착한 건 내가 아니다. 그건 내가 맡은 역할을 남의 기대에 맞춰 착하게 수행한다는 의미일 뿐이다. '해야 하는 일'과 '하고 싶은 일'은 다르다. 하지만 너무 오랫동안 착한 척하다 보니 이젠 헷갈린다. 더구나 나의 다른 한편인 나쁜 구석은 잘 숨겨 놓았으니 보이는 건 '착한 남자'뿐이다. 한쪽은 공공의 비밀로 감추고, 다른 한쪽은 부풀리면서 사니 진짜 나를 대면할 틈이 없다. 착하기도 하고 나쁘기도 한 나는 오늘도 '착한 남자' 되기에 여념이 없다.

홀로 숲길을 걸으면서

나는 왜 홀로 걸으려 했는지 질문을 던져 보라.

홀로 떠난

휴가

홀로 길을 떠난다. '가족을 위한 휴가'를 마쳤으니 이젠 '나를 위한 휴가'를 갈 차례다. 이틀 동안 걷는 데 무리가 가지 않도록 꼭 필요한 것만 챙긴다. 그래도 공연한 미련에 이것저것 집어넣다 보니 배낭이 자꾸 부풀어 오른다. 경험상 절반 이상은 손도 대지 않을 것을 알면서도 막상 짐을 쌀 때는 최악의 상황에 필요한 것까지 담으려 한다.

어쨌든 짐 싸는 번거로움을 넘어 길을 나서니 마음이 가볍다. 평소 내가 짊어진 짐이 결코 가볍지 않다는 것을 실감한다. 가족과 일, 사랑과 욕망, 문명의 이기와 굴레, 잡다한 집착까지 '내가 아닌 것'들을 잠시 내려놓으니 그 무게를 알 것 같다. 이중 상당수는 버려도 아무 지장 없고, 눈 딱 감고 버리면 마음의 짐이 훨씬 가벼워진다는 것 또한 깨닫는다.

갈 곳은 강원도 정선의 자개골이다. 정선 구절리에서 진부 신기리로 이어지는 27킬로미터 산길이다. 그런데 구절리까지 가는 데 하루가 다 간다. 버스를 네 번 갈아타는데 바꿔 탈 때마다 한두 시간씩 기다려야 한다. 그러고 보면 내 마음대로 언제 어디서든 출발하고, 어디든 문턱까지 차를 댈 수 있는 것으로 착각하고 있었다. 내 차가 없어도 신속 정확한 도심의 시스템이 항상 통하는 줄 알았다. 하지만 시골 버스는 하루에 네댓 번 오가고, 그것도 대부분 텅 비어 있다. 나는 얼마나 공중에 붕 떠서 살고 있는가.

그 공중에서 내려와 온종일 버스를 옮겨 타다 보니 그 과정 자체가 추억거리가 된다. 사람의 발길이 드문 오지가 진짜 오지로 다가온다. 여행까지 정교한 스케줄에 따라 시간과 교통편을 딱딱 맞춰가며 효율적으로 즐기려 한다면 여럿이 우르르 몰려다니는 '패키지 여행'을 떠날 일이다.

다음 날 아침 일찍 길을 나선다. 길은 1,000미터가 넘는 준봉들 사이를 계곡과 함께 굽이굽이 돌아 오르는 심산유곡의 숲길이다. 나는 하루 종일 이 길을 타박타박 걸을 것이다.

그러나 아름다움에 혹할 것이라 기대했던 길은 예상을 벗어났다. 수해가 심하다지만 이 정도일 줄 몰랐다. 길은 무너져 끊기고, 곳곳이 사라졌다. 사라진 길 앞은 낭떠러지다. 아슬아슬하게 계곡으로 내려가면 거대한 토목공사를 벌이다 만 것처럼 엉망이다. 여기저기 산허리가 무너져 내린 게 생채기가 아니라 산의 지형과 물길이 바뀐 수준이다.

이 정도라면 어떤 수방대책이 통할까. 동강에 댐을 세우는 것과 이게 무슨 관계가 있을까. 이보다는 길을 내지 말아야 할 곳에 산을 깎고 축대를 쌓고 계곡을 메워가며 지프차가 다닐 만한 길을 낸 오만이 부른 참사라는 생각이 든다.

곡예를 하듯 산길을 타지만 기분은 차분하게 가라앉는다. 식구들과 옷고 떠들며 피서를 즐기다가 갑자기 나 홀로 무언극을 하게 된 느낌이다. 나는 이런 반전이 좋다. 아무 생각 없이 걷고, 심심하면 나와 얘기한다. 나뿐만 아니라 번잡한 세상에 머리가 복잡한 사람들은 이런 홀로 여행이 꼭 필요할 것 같다.

첫째, 잊고 지냈던 나를 돌아본다. 이렇게라도 하지 않으면 언제 자신의 존재를 돌아보겠는가.
둘째, 아무 생각 없이 걷기에 집중하다 보면 몸에 쌓인 나쁜 기운이 가시고 산란한 마음이 정리된다. 소진된 생명의 에너지도 다시 고인다.

홀로 산길을 걸으면서 '나는 왜 홀로 걸으려 했는지' 다시 한 번 묻지 않을 수 없다.

X같이

빠르다

"난 말이야, 인생은 탭댄스라고 생각해. 생각이 많으면 박자를 놓치지."

이 광고는 들을 때마다 기분이 나쁘다. 머리를 텅 비운 채 아무 생각 없이 살라고 부추기는 것 같기 때문이다. 물론 좋게 생각할 수도 있다.

첫째, 꽉 막히지 말고 리듬을 타면서 살아야 한다.

둘째, 지금 이 순간을 즐겨야 한다.

셋째, 힘 빼고 유연하게 살아야 한다. 운동도 힘 빼고 부드럽게 하는 사람이 고수다.

하지만 이 광고는 거침없이 빠른 속도를 강조하려는 것이다. 번개 같은 초고속인터넷, '메가패스'를 자랑하는 광고 아닌가. 그 속도에 맞추려면 이것저것 생각하고 뻣뻣하게 따지면 안 된다.

다른 초고속인터넷 회사의 광고는 한술 더 뜬다.

지금 이 순간을 즐겨라.

힘 빼고 유연하게 살아라

"느린 인터넷 참지 말고 신고하여 '엑스피드' 깔자."

광고 의도는 분명한데 더불어 부추기는 메시지는 '느린 것은 못 참아'다. 못 참으면 어떻게 할까. 답도 광고 안에 있다. 즉각 격분해서 컴퓨터를 날려 버린다남자. 또는 갈기갈기 찢어버린다여자. 날리거나 찢어버리지 않으려면 얼른 더 빠른 것으로 바꾼다.

이 광고전에 가세한 또 한 선수는 더욱 가관이다.

"진짜 X같이 느리네!"

"X같이 느리다면 따져라!"

한동안 신문지상을 장식한 이 시리즈 광고가 요즘에는 시내버스에 붙어 거리 곳곳을 돌아다니고 있다.

이 광고를 접한 누리꾼의 댓글도 하나 소개한다.

"이 문구 보고 웃다가 쓰러질 뻔했습니다. 제가 사장이라면 광고 카피를 써낸 사람에게 따로 '포상'을 줬을 것 같습니다."

느리면 못 참는 한국인의 '빨리빨리' 습성이 'IT강국 코리아'를 만들었다고 한다. 분초를 다투는 살벌한 첨단 IT경쟁에서 굼뜨면 곤란하다.

하지만 빠르다고 다 좋은 건 아니다. 좁은 땅에서 많은 사람들이 부대끼며 살다 보니 세상이 정말 각박하다. 다들 마음이 바쁘고, 조급하다. 내가 급하니 다른 사람 사정이 급하다고 봐줄 여유가 없다. 누가 조금만 성가시게 해도 바로 욕이 나오고, 주먹이 오간다. 밀리면 당한다. 주춤하면 뒤진다. 양보하면 '곰바우'다.

모두들 속도에 중독되고, 소음에 귀가 막혔는지 아무 말이든 막 쏟아낸다. 주먹만 한 활자로 'X 같다'는 광고를 하고, 그걸 보고 감탄하는 세상이다. 그야말로 'X같이 빠르고, X같이 바쁘다.' 물론 초고속인터넷이야 빠를수록 좋다. 하지만 그걸 앞세워 돈을 번다고 마음까지 거칠게 망동해선 안된다. 기술과 기계가 빨라진다고 자신의 생활과 성질까지 속도를 높이면 곤란하다. 일상이 바빠지면 결국 숨이 가쁘고, 피로는 쌓인다. 빠른 속도에 맞추느라 주변을 살필 경황이 없다. 시야도 좁아져 멀리 내다보지 못한다. 모든 장면은 음미할 틈도 없이 스쳐간다.

와중에 세월은 정신없이 흘러간다. 눈썹 휘날리며 달리고 또 달렸는데 가보니 엉뚱한 곳이라 해도 돌이킬 수 없다. 분주하게 산 게 알고 보니 눈먼 닭처럼 제자리만 빙빙 돌다 만 것이라 해도 만회할 길은 없다. 그러니 아래 일화의 주인공이 혹시 나는 아닌지 되짚어보자.

말을 타고 정신없이 질주하는 남자가 있다. 길가에 서 있던 그의 친구가 남자를 보고는 큰소리로 물었다.

"자네 어딜 그렇게 바삐 가는 건가?"

남자는 친구 쪽으로 얼굴을 돌리고는 말했다.

"그건 나도 몰라. 말에게 한번 물어보시게나!"

놈〉
남〉

님

요즘 세상에 님은 없고 남과 놈만 득실댄다더니 정말 그런가 보다. 세 편의 영화를 보니 확실히 그렇다.

우선 '님.' 「님은 먼곳에」 있다. 영화처럼 너무 먼 곳에 있다. 님은 소식도 없이 베트남 전쟁터로 달아나버렸다. 님은 멀고 먼 사지에서 생사를 넘나들고 있다. 님의 마음은 그보다 더 멀고 황량한 곳을 헤맨다. 님의 마음엔 사랑이 없다. 오기로 님을 찾아 나선 아내의 마음도 복잡하다. 사랑도 아니고, 미움도 아니다. 이래저래 어려운 '님'들이다. 그나마 두 사람이 '님'을 회복하는 해피엔드여서 다행이다.

'남'은 정말 많다. 나하고 놈 빼고는 다 남이다. 그래서 영화 「크로싱」은 히트를 치지 못했다. 시사회 때마다 눈물바다를 이뤘다기에 얼른 가서 보고 실컷 울었다. 헐벗고 굶주린 북한 참상이 충격적이다. 탈북자들의 벼랑 끝 인생도 가슴 아프다. '우파 운동권'을 자처하는 서경석 목사가 "북한 주민들의 참혹한 실상을 목격한 다음부터는 더 이상 배부른 좌파 운동을 할 수 없었다"고 말할 만했다.

　그런데 영화 흥행은 기대 이하다. 관객들이 몰리지 않는 이유는 간단하다. 내가 살기도 버거운데 남들의 고달픈 삶까지 들여다보며 스트레스를 더하고 싶지 않다는 것이다. 그걸 어찌 남의 얘기라고 할까. 바로 우리의 얘기 아니던가.

　영화에 심혈을 기울인 김태균 감독이나 눈에 띄게 열연한 차인표 모두 섭섭하겠다. 빼어난 악역 신명철의 진한 연기 또한 빛을 잃었다. 이 영화를 통해 북녘땅의 실상이 적나라하게 전해지기를 기대했던 사람들도 아쉽게 됐다. 반대로 '극우파의 간계가 숨어 있는 국책 반공영화'라며 경계하던 사람들은 좋아할지 모르겠다.

　'놈'은 어떤가? 곳곳에 놈이 넘친다. 그 많은 놈들이 영화에서는 3가지로 압축된다. 「좋은 놈, 나쁜 놈, 이상한 놈」. 영화를 보니 이상한 놈은 확실히 이상하다. 나쁜 놈은 확실히 나쁘다. 그런데 좋은 놈은 꼭 그런 것도 아니다. 결국 세 놈 모두 '미친 놈'들이다. 화끈하게 '미친 놈'들이다. 그래서 관객들은 환호한다. 골치 아픈 세상에 헷갈리는 님보다, 궁상맞은 남보다 스트레스 확 날려주는 놈들이 더 좋다.

　지금 우리 주위를 둘러봐도 얼마나 놈이 많은가. 뻔뻔한 놈, X 같은 놈, 죽일 놈, 무식한 놈, 썩을 놈, 정신 나간 놈… 입만 열면 이놈 저놈 욕할 놈 뿐이니 영화도 '놈놈놈'이 단연 대박이다.

　『야생초 편지』를 쓴 황대권 선생. 1985년 '구미유학생 간첩단 사건'에

연루됐다는 혐의로 무기징역을 선고받고, 청춘 13년을 감옥에서 보냈다. 그렇지만 그의 글은 아름답고 소탈하다. 아마 간첩단 사건을 조작해 그를 가둔 '놈'들도 용서했으리라. 그는 말한다.

> "우리 주위에는 '님'보다 '놈'이 더 많다. 그리고 그 둘을 합친 것보다 더 많은 것이 '남'이다. 우리네 삶이 고달픈 이유도 주위에 '님'보다 '남'과 '놈'이 훨씬 많기 때문이다. 전부 스스로 만든 업보다. 진정으로 행복해지길 원한다면 이 비율을 '님 〉남 〉놈'의 순서로 바꾸려고 노력해야 한다."

> "마음을 내어 눈앞에 보이는 모든 생명들의 이름 끝에 '님'자를 붙여 불러보자. 자신이 조금은 거룩해지는 느낌이 들 것이다. 그렇게 자꾸 부르다 보면 나와 똑같이 생긴 이웃들에게 상소리를 하는 것은 너무하다는 생각이 절로 들 것이다. 오소서 비님아, 벌님아, 나비님아!"

실제로 많은 사람들이 남 〉놈 〉님의 순으로 관계를 맺으며 산다. 요즘에는 놈 〉남 〉님이 맞을지도 모르겠다. 한용운 선생은 "님만 님이 아니라 기룬(그리운) 것이 다 님"이라던데 당신은 어떤가? 당신에게 님은 있는가? 있다면 몇 명인가? 님이 아닌 남과 놈은 얼마나 많은가?

당신은 인생

몇 단?

바둑이나 태권도 같은 데만 단수가 있겠나. 내가 보기에는 인생에도 단수가 있다. 강호의 인생 고수를 만나면 짜릿한 단수가 느껴진다. 인생 9단 중의 9단이 입신의 경지인 부처님이나 예수님 아니겠나.

고수는 고수끼리 알아본다는데 나는 얼마나 알아보는지 모르겠다. 고수를 알아볼 수 있어야 잘 알아 모실 것이고, 어떻게든 한 수 배울 수 있을 텐데 큰일 났다. 하긴 예수님도 당대에 메시아로 알아본 사람은 거의 없었다. 멀쩡하게 두 눈 뜨고 필생의 사부님을 놓치지 않으려면 인생 단수 읽는 법부터 잘 공부해둬야겠다.

우선, 몸 풀기 연습문제. 예수님이 제시하신 기준이다. '원수를 사랑하라!' 원수를 사랑할 정도의 단수라면 틀림없이 9단 중의 9단이다. 사실 이 정도 단수면 애초부터 원수를 만들지 않을 것이다. 세상에 원수가 있을 리 없다. 혹시 이런 고수를 원수 삼는 사람이 있다면 그는 자기가 무슨 짓을 하고 있는지 모르는 무지한 사람이다. 나는 원수는 없지만, 미워하는 사람을 용서하고 사랑할 엄두가 나지 않으니 아직 멀고 멀었다.

내친김에 예수님이 즐겨 쓰시는 기준을 한 가지 더 살펴보자. '오른손이 한 일을 왼손이 모르게 하라!' 남에게 베풀되 대가를 바라지 말고 무심한 마음으로 하라는 뜻이렷다. 아무 생각 없이 한쪽 눈을 깜박이는 것처럼, 다른 쪽 눈이 그걸 전혀 의식하지 않는 것처럼 그냥 베풀라는 뜻이렷다.

이 정도 수준에 이르려면 우선 베푸는 사랑이 머리의 생각 단계와 → 마음의 공감 단계를 거쳐 → 손발의 행위 단계로 가야 한다. 그런데 이 손발의 행위가 몸에 배고 또 배어 마치 눈꺼풀을 깜박이는 것처럼 무조건적이 되어야 한다. 머리로 생각할 것도, 마음으로 공감할 틈도 없이 저절로 몸에서 우러나와야 한다. 그렇다면 나는 아득히 멀었다. 베풀겠다는 생각은 뜸하고, 베풀 때는 은연중 대가를 바란다. 내가 베풀었는데 저쪽이 시큰둥하거나 감사를 표하지 않으면 무례함에 화가 난다. 마음은 옹졸하고, 몸으로 베푸는 것은 거의 없으니 인생 단수로 치면 하급 중의 하급이다.

연습문제가 '최고수용'이어서 오히려 맥이 탁 풀린다. 갈 길이 막막해 어디서부터 발걸음을 떼야 할지 모르겠다. 그렇다면 이제 조금 쉬운 것으로 해보자. 그래야 나도 얼른 파란띠, 빨깐띠 따고 마침내 검은띠 승단시험에 도전하겠다는 희망을 품을 수 있을 것 같다.

세 번째 연습문제는 입신의 경지보다는 단수가 조금 낮은 듯한 공자님의 기준이다. 이것도 학교에서 배우고 수시로 써먹는 것이니 익숙할 것이다. 공자 왈 "15세에 학문에 뜻을 뒀고志學, 30세에 학문의 기초를 세웠으며而立, 40세엔 미혹되지 않았다不惑. 50세엔 천명知天命을 알았고, 60세엔 귀가 순해졌으며耳順, 70세엔 마음을 따라도 도리에 어긋남이 없더라從心."

여기서 인생 단수는 이립 - 불혹 - 지천명 - 이순 - 종심 순인데 나는 과연 내 나이에 맞는 단수에 이르렀는지 가늠할 수가 없다. 40을 넘었지만 의심이 많고, 작은 유혹에 갈대처럼 흔들린다. 50이 다 되었지만 하늘의 명을 모르겠다. 다만 요즘 들어 내가 진짜 나를 몰랐고, 겉멋에 홀려 헛것만 좇아왔다는 깨우침이 있는데 이게 천명을 알기 시작한 것이 아닐까 헤아려본다.

후하게 쳐서 그렇다면 이제부터는 정말 잘살아야겠다. 엉뚱한 데서 헤매며 인생 낭비하면 안 되겠다. 나를 알고, 소신껏 내 천성에 맞는 꽃을 피워야겠다. 귀를 열고, 마음을 다스리는 데 정진해야겠다. 아! 아무리 그래도 가야 할 길은 꿈같이 멀구나. 마음을 따라도 도리에 어긋남이 없는 '인생 9단'의 경지여.

연습문제를 충분히 풀었으니 이제부터 본론이다.

다음은 단학에서 매긴 인생 단수다. 이건 진짜 1단부터 9단까지 있다. 나는 몇 단인지 따져보자. 따질 정도가 아니라면 아직 '단수'가 아니라 '급수'를 매기는 수준이 되겠다.

1단 초지初知 _ 자신이 누구인지, 자기 삶의 목적이 무엇인지에 대해 의문을 갖는 단계.

2단 입지立知 _ 삶의 목적을 영적인 완성에 두기로 정한 단계. 마음은 확고해졌지만 아직 실천으로까지는 연결되지 않은 상태다. 몸과 마음이 그릇된 감정과 습관에서 완전히 벗어나지 못해 갈등이 많다.

3단 정지正知 _ 혼이 살아나는 체험을 하는 단계. 자신의 내면에 깃든 신성과 순수의식을 체험한다. 혼이 살아나면서 감각이 예민해지기 때문에 음주나 흡연 등 몸에 해로운 습관은 자연스럽게 교정된다.

4단 명지明知 _ 의식이 매우 밝아져서 지식의 힘이 아닌 직관에 의한 지혜와 통찰을 바탕으로 세상의 이치를 알게 된다. 피해의식, 이기심, 자만심 등의 감정과 생활습관 등에 의해 위축되어 있던 혼이 살아나 밝게 활동하는 시기다.

5단 영지靈知 _ 혼이 크게 성장해 매사에 자신감이 생기는 단계. 영적인 능력이 생기기도 하고 누가 보아도 신령스러움이 느껴지기 때문에 사람들이 많이 따른다. 그러나 자아에서 완전히 벗어나지는 못한 단계다. 소유욕, 명예욕, 자만심이 남아 있어 인정받고자 하고, 지배하고자 하는 유혹도 강하게 받는다.

6단 무사지無思知 _ 가아에서 완전히 벗어나 진아에 이른 단계. 자기의 공을 기억하지 않으며 명예 등에 대한 집착에서 벗어난 상태. 밝음과 어둠, 있다와 없다 등 상대적인 관념들이 사라진 상태. 주관과 객관이 통일된 무의 상태에 있어 감정이나 사심의 유혹을 받지 않는다. 영지 단계와 달리 겉으로는 특별한 점이 전혀 나타나지 않아 보통 사람들은 그의 면모를 알아보지 못한다.

7단 대명지大明知 _ 깨달음을 완전히 이룬 단계. 영혼 구제의 사명과 함께 공심, 우주심, 우주의식을 갖게 된다. 큰 사랑과 대자비심을 가지고 세상으로 나온다.

8단 대령지大靈知 _ 세상을 구할 수 있는 큰 지혜가 열리는 단계.

9단 천화天化 _ 혼이 완성되어 우주의 본성과 하나 되는 단계. 원래의 우주 생명의 자리로 돌아간 상태다.

나는 이중 어디쯤일까? 내 생각엔 1단을 지나 2단에서 3단 사이쯤 되는 것 같다. 담배는 끊었고, 술은 폭음을 삼가니 얼추 3단 시험 요건은 갖춘 듯하다. 아마 본격적으로 도를 닦아 내공이 쌓인다면 4단부터일 것이다.

4단을 넘어 5단쯤 되면 강한 공력을 내뿜게 된다. 누구나 그를 보면 거부할 수 없는 카리스마를 느낄 것이다. 하지만 자칫 선무당이 될 수도 있다. 확실히 포스는 있는데 저 혼자 잘난 것 같은 배타성이 강하면 그건 5단일 것이다. 나를 사로잡는 동시에 나를 한없이 작게 만드는 사람은 분명 5단 즈음이다. 6단쯤 되면 이걸 넘어선다. 진짜 고수는 티를 내지 않는다. 시골 할아버지 같다. 생김새나 차림새가 그렇고, 말하는 본새가 그렇다. 그런데 문득 지혜의 빛이 새어 나온다. 사랑이 가득하다. 그는 의도하지 않는다. 물처럼 자연스럽다. 어떤 역경도 순리로 푼다.

인천 부평역 근처에서 8년째 노숙자들을 위한 무료밥집인 '민들레 국수집'을 운영하는 서영남 전 수사. 내가 보기에는 이분이 6단이다. 이분은 항상 웃는다. 마음씨 좋은 이웃집 아저씨 같다. 하는 일도 소박하다. 그는 노숙자를 위해 장을 보고, 음식을 만들고, 밥상을 차린다. 매일매일 정성을 다해 차린다. 그런데 그 정성이 진심이다. 언제나 진심이다. 밥 대접보다 사람 대접이 먼저다. 그 대접에 주변이 환해진다. 내 마음에도 한줄기 빛이 들어온다.

† † †

단학이라고 하면 어째 꺼림직하다, 비과학적이다, 도사들 얘기다, 고리타분하다, 황당하다! 혹시 이런 선입견은 없는가? 그렇다면 서양식으로 정밀한 과학적 검증을 거친 또 다른 인생 단수 기준을 보자.

다음은 『의식혁명』, 『호모 스피리투스』란 책으로 국내에서도 잘 알려진 데이비드 호킨스 박사가 제시하는 '의식의 지도'다. 저명한 정신과 의사인 그는 '운동역학' 이론에 근거해 20여 년 동안 수천 명을 대상으로 수백만 번의 실험을 한다. 즉, 누가 언제 어디서 행하든 같은 방법으로 하면 같은 결과가 나오는 방대한 과학적 데이터를 축적한다. 어떤 실험인지 자세한 설명은 생략하자. 대신 일종의 '오링 테스트'라고만 해두자. 그 결과를 집약한 '의식의 지도'는 인간의 의식 수준을 1~1,000룩스까지 3그룹, 17단계의 밝기로 구분한다. 인생 단수로 치면 최저 1단에서 최고 17단까지 있는 셈이다. 하지만 여기서 심각한 저급인 1~8단을 제외하면 실질적인 단수는 9단에서 17단까지 총 9단계다.

1. 부정적인 단계(의식의 밝기 200 미만)

1.수치심(20) → 2.죄의식(30) → 3.무기력(50) → 4.슬픔(75) → 5.두려움(100) → 6.욕망(125) → 7.분노(150) → 8.자존심(175)

2. 이성적인 단계(200~500 미만)

9.용기(200) → 10.중용(250) → 11.자발성(310) → 12.포용(350) → 13.이성(400)

3. 깨달음의 단계(500~1000)

14.사랑(500) → 15.기쁨(540) → 16.평화(600) → 17.깨달음(700~1000)

호킨스 박사의 설명을 조금 더 들어보자.

200 이하의 삶은 '살아남기'다. 그중에서도 가장 낮은 수준은 절망과 우울의 영역이다. 사회적으로는 집단 우울증과 자살로 나타난다. 생의 에너지가 거의 없다. 이보다 높은 분노와 욕망의 단계에 이르면 저마다 생존을 위해 자기 본위의 충동적인 행동을 하게 된다. 사회적으로는 폭력과 광기로 나타난다. 자존심의 수준에 이르면 살아남으려는 본능이 다른 사람에게도 중요하다는 것을 최초로 이해하기 시작한다. 사회적으로는 패거리 의식으로 나타난다.

부정과 긍정의 갈림길인 용기 수준에 이르면 다른 사람의 안녕이 점차 중요하게 느껴지기 시작한다. 우리가 정상적이라고 생각하며 살아가는 영역이 여기서부터다. 이제 의식이 밝아질수록 극단을 버리고, 대립과 갈등을 넘어선다. 이성은 지성으로 무르익는다.

지성과 신성의 갈림길인 500에 이르면 다른 사람의 행복을 고려하고, 그것이 그 사람을 움직이는 필수적인 요소로 자리 잡는다. 600에 가까워지면 자기 자신뿐만 아니라 다른 사람의 영적인 눈뜸에 관심을 갖는다. 600대에 이르면 인간의 선과 깨달음을 위한 추구가 삶의 기본적인 목표가 된다. 700에서 1,000까지는 모든 인간의 구원을 위한 삶이다.

이 구분은 묘하게도 단학의 '인생 9단'과 거의 같은 순서로 진행된다.

수치심 → 죄의식 → 무기력까지는 죽지 못해 사는 상태다. 살고 싶지 않으니 울지도 않는다. 이걸 넘어 슬픔 단계쯤 가면 그마나 울려는 에너지가 생긴다. 그것이 두려움 → 욕망 → 분노로 강해지다가 자존심 단계에 이르러 가까스로 관리에 들어간다. 두려움, 욕망, 분노의 부정적 에너지는 나를 향하면 나를 해치고, 남을 향하면 남을 해친다. 여기까지는 인생 단수를 매길 수 없는 초단 아래 단계다.

인생 단수를 매길 수 있는 긍정 단계인 용기부터는 정의1단 → 균형2단 → 관용3단 → 용서4단 → 지성5단이 하나씩 작동하기 시작한다. 합리적으로 생각하고 이성적으로 행동한다. 여기까지가 머리 단계다. 사랑으로 시작하는 깨달음의 단계6~9단는 또 다른 삶의 차원이다. 그것은 머리가 아니라 가슴과 영혼의 영역이다.

호킨스 박사의 분석에 따르면 현재 인류의 의식 수준은 204 정도다. 그나마 세상을 망치는 파괴적인 단계를 넘어섰으니 천만다행이다. 또한 보통의 사람들은 평생 자기의 의식 수준을 5룩스 정도 올리는 데 그친다. 그만큼 의식의 사다리를 타고 오르기가 어렵다. 지혜를 얻는 것은 더디고 고통스럽다. 그렇다면 지금 내 의식의 밝기는 몇 룩스나 될까? 내 의식은 얼마나 맑고 밝을까? 그 답이 곧 내 영혼의 수준, 나의 인생 단수일 것이다.

지금 내 의식은 얼마나 맑고 밝을까.

그것이 곧 내 영혼의 수준

내 인생의 단수일 것이다.

CHAPTER 03

50이 되면
숲으로 들어가
신과 대화하라

: 행복 찾기

인생

3막

"나이를 되돌린다면 몇 살이고 싶습니까?"

50대 아줌마들에게 이런 질문을 했더니 가장 많은 답이 '50대'였다고 한다. 상당히 의외인데 이유를 들어보니 수긍이 간다.

10대는 공부와 시험 스트레스가 끔찍하고, 20대는 불확실한 청춘과 미래가 부담스럽다. 30대는 아이 키우느라 정신없고, 40대는 별 재미도 없이 쪼들린다. 그런데 50대에 들어서니 애들이 클 만큼 커서 마음이 놓이고, 경제적으로도 살 만하다. 시간적 여유도 있고, 몸도 아직 쓸 만하다. 그러니 이제부터 인생을 즐기겠다는 것이다.

그렇다면 나는 어떤가? 나도 이상하게 50대가 끌린다. 50대 아줌마들의 말처럼 우선 10대는 '입시 지옥'이 싫다. 20대는 좋기도 한데 다시 군대 가고, 직장 잡을 생각을 하니 역시 아니다. 30대와 40대는 잘 모르겠다. 하지만 50대는 비전이 있다. '늙수그레한 50대에 비전이 있다니….'

그게 무슨 시답지 않은 얘기냐며 핀잔을 주는 분들이 있을 것 같다. 무엇 하나 제대로 이뤄놓은 것 없이 인생의 황혼기를 향해 가고 있는데 무슨 비전이 있을까? '사오정'을 무사히 넘겼더니 '오륙도'라 해서 눈총을 받는데 무슨 낙이 있을까? 정년까지 버티려면 행동거지를 더욱 조심해야 하고, 호기를 부려 사표를 던지면 졸지에 대책 없는 실업자로 전락하는데 무슨 신명이 날까? 벌이도 없고, 마땅히 할 일도 없으면 무슨 자존심으로 버틸까? 이런 생각을 하다 보면 50대는 정말 우울하다.

그러나 인생을 25년 단위로 준비기, 전반생, 후반생으로 3등분하고 쉰 살부터 열리는 후반생에는 '정말 하고 싶은 일만 하면서 살겠다'고 다짐하는 사람도 있다. 스스로를 구속하고, 하고 싶은 일을 자제하면서 전반생을 살아왔다면 후반생은 '새로운 여정을 떠나는 콜럼버스의 뛰는 가슴으로, 성을 쌓지 않는 칭기즈칸의 도전정신으로, 늘 흐르는 물로, 머물지 않는 바람으로, 한없이 너그럽고, 한없이 따스하게 살아보자'는 게 그의 제안이다. 다음은 '인생 3막'을 맞는 그의 구상이다.

> "후반생 25년 동안 1년을 일생처럼 하나씩 집중해서 꿈을 실천한다. 25년 동안 스물다섯 사람의 삶을 살 수 있다면 한 사람의 수명을 80년으로 잡고 '25×80＝2,000년'의 삶을 응축해서 살 수 있다. 후반생에 육신은 25년을 살지만 정신은 2,000년을 살아 볼 것이다. 혹시 반이라도 실천하면 천 년이라도 살지 않겠는가. 진시황이 구하고자 하였던 천년초를 나는 구했다!"
>
> 김성준, 『인생은 50부터』

이분의 이력을 보니 서울 법대를 수석 졸업하고, 행시와 사시를 동시에 합격했다. 그리고 검사 생활을 오래 하다 지금은 한 로펌의 대표 변호사다. 뛰어난 수재에다 사회적으로 성공하고, 재력도 갖췄으니 50부터 인생을 즐기겠다면 그것도 가능하겠다 싶다.

사실 쉰을 맞는 분이 천 년을 살겠다니 대단하지 않는가. 나는 이분처럼 살 자신이 없다. 또한 그것은 과욕일 수 있다. 한 자락 여백도 없이 빽빽하게 삶을 채우는 것이 반드시 좋은 것만도 아닐 것이다.

그러나 중요한 것은 이분처럼 인생을 다른 시각에서 보는 것이다. 삶을 리모델링하려는 자세다. 성공 대신 행복을 위해 일상에 찌든 낡은 생각과 습관을 버리려는 각오다.

† † †

노후를 여유롭게 즐기려면 돈이 얼마나 필요할까?

얼마 전 한 보험사가 내놓은 답은 1년에 5,600만 원이다. 노부부가 건강을 챙기면서 품위 있게 골프도 치고 해외여행도 다니려면 이 정도는 있어야 한다는 것이다. 이 계산에 가슴이 답답해진다. 지금도 그만큼 벌지 못하는데 무슨 재주로 그 돈을 모을 수 있을까. 그 돈을 깎고 깎아도 1년에 2,700만 원은 되어야 평균적인 생활을 할 수 있다고 하니 아, 나의 말년은 정말 불쌍하겠구나!

상황이 이러니 너도나도 특단의 대책을 궁리하고, '대박'을 노린다. 그게 주식이든, 부동산이든, 사업이든, 아니면 로또 한 방이든 '인생 3막'을 위한 베팅에 나선다.

하지만 내 작전은 다르다. 그것은 인생을 즐기는 데 필요한 돈을 최소화하는 것이다. '인생 2막'을 꽉 채운 욕망을 덜어내는 것이다. 골프를 치지 않아도, 해외여행을 다니지 않아도 내 마음이 여유롭고 즐거우면 그만 아닌가.

"노후를 위해 저축하면서 왜 영혼을 위한 저축은 하지 않는가?"

지난 2005년 5월 갑작스럽게 3개월 시한부 암 선고를 받은 유진 오켈리 미국 KPMG그룹 회장. 그가 53세의 나이로 세상과의 이별을 준비하면서 한 말이다.

50대에 대한 나의 비전도 여기서 시작된다. 내가 50대에 들어서면 아들이 대학에 들어간다. 물론 아들이 입시지옥을 정상적으로 뚫어야만 가능하다. 그래서 들어간 대학이 일류이면 좋겠지만 아니래도 괜찮다. 남들과 똑같은 길을 가느라 한곳으로 몰려 죽자 살자 식으로 경쟁하기보다는 자기가 신나게 잘할 수 있는 일이 무엇인지 하루빨리 깨달으면 좋겠다. 내 눈엔 일류 직장의 샐러리맨보다 제멋에 겨워 사는 '장인'들이 훨씬 더 멋있고 행복해 보인다. 그러니 혹 대학에 못 들어가면 어떻고, 한두 해 늦게, 아니면 아주 늦게 들어가면 어떤가. 그건 인생 마라톤에서 그렇게 중요한 승부가 아니다. 성공하는 것보다 중요한 건 행복한 것이다.

어쨌든 그건 아들의 문제라고 치자. 아들이 대학에 들어갈 즈음 나는 50대를 맞고, 그때부터 새로운 인생 작전이 펼쳐진다. 시작은 '자식으로부터의 독립'이다. 아들에게 등록금과 약간의 용돈을 대줄 수는 있지만 그 이상은 아들의 몫이다. 30, 40대 '기러기 아빠'로 살다가 50, 60대까지 자식에 '올인'하는 사람이 있다면 다시 생각할 일이다.

자식으로부터 독립하면 그다음은 '더 많이 버는 일로부터의 독립'이다. 지금 이 순간 행복을 느끼는 데 그렇게 많은 돈이 들지 않는다. 느긋한 마음으로 탁 트인 벌판을 걷는다. 바람에 날리는 꽃향기를 맡는다. 흐르는 강물을 아무 생각 없이 바라본다. 자전거로 고수부지를 달린다. 아름다운 음악을 듣는다. 아니면 새소리, 물소리를 듣는다. 이런 거 하는 데 돈 들지 않는다. 남태평양의 어느 환상적인 바닷가에 가지 않아도, 최고급 골프장을 찾지 않아도 어디든 바람은 불고 꽃향기는 날린다. 그러니 한 달에 1,000만 원을 벌든, 아니면 그만큼을 쓰든 그건 별로 중요하지 않다. 내 생각엔 한 달에 100만 원으로도 가능하다.

그렇다면 이런 계산을 꼭 50부터 해야 하나. 50부터 하려면 지금부터 마음의 준비와 연습이 필요하다.

첫째, 매일매일 조금씩 욕심을 걷어낸다.
둘째, 이런저런 조건을 달아 내일로 미뤄둔 행복을 지금 챙긴다.
셋째, 아들에게 홀로 서서 신나게 사는 법을 미리미리 가르친다.

이런 준비 과정도 즐겁다면 나는 '인생 3막'을 맞기 전에 이미 넉넉한 것 아닌가.

딸의 결혼식. 아버지가 딸을 신랑에게 넘기고는 뒤도 안 돌아보고 식장을 빠져나간다. 아쉬운 눈물 한 방울 머금지 않고, 아내의 손을 잡아끌며 신나게 달려 나간다. 왜? 이제부터 자유니까. 지금부터 본격적으로 인생을 즐길 거니까.

한 생명보험회사의 TV 광고 장면이다. 자식이 부모를 떠나는 날인지, 부모가 자식을 떠나는 날인지 헷갈린다. 광고 내용을 보면 부모가 자식을 떠나는 날이다. 이른바 '자식으로부터의 독립'이다. 요즘에는 대학을 졸업해도, 결혼해서 애를 낳아도 부모 곁을 떠나지 않는 '캥거루족'이 수두룩하니 그럴 만도 하다.

시댁도, 장모님 댁도 가까울수록 좋다. 자식이 곁에 있겠다는데 어느 부모가 마다하겠는가. 얼마 전 한국보건사회연구원의 설문조사 결과가 이런 세태를 잘 보여준다. '자녀가 몇 살이 될 때까지 돌봐야 하나'를 물었다. 답은 어땠을까. '대학 졸업 때까지'가 46.3%로 가장 많았다. 다음으로 '혼인할 때까지' 27.0%, '취업할 때까지' 11.9%, '고등학교 졸업할 때까지' 8.6%, '언제라도^{평생}' 5.5%의 순. 최소한 대학 졸업까지는 책임져야 한다는 응답이 78.8%인 셈이다. 당신은 어느 쪽인가.

나는 '대학에 입학할 때까지'다. 어쩔 수 없이 재수를 한다면 그때까지다. 그다음은 나도 '독립'이다. 독립하고 빨리 은퇴한다. 그리고 자유롭게 산다. 무책임하고 비현실적인 얘기라고? 철없고, 허황된 꿈이라고? 물론 그럴 수 있다. 나라고 노후설계에 비법이 있겠나. 국민연금 빼고는 들어놓은 보험도 없다. 하지만 생각을 바꾸면 길은 있다. 10억 원을, 아니 20억 원을 통장에 쟁여놓지 않아도 '인생 3막'을 멋있게 꾸밀 수 있다.

답은 역시 '자식으로부터의 독립'에 있다. 이 부분이 확실해야 한다. 이것이 흔들리면 모든 게 꼬인다. 아무리 환상적인 장밋빛 노후를 그려도 무엇 하나 제대로 실행할 수 없게 된다. 자식으로부터 일찍 독립하려면 다음의 두 가지가 꼭 필요하다.

첫째, 자식을 강하게 키워야 한다. 대학 때부터는 모든 것을 스스로 해결할 수 있게 해야 한다. 학비 대주고 책값, 용돈 다 주고, 어학연수 뒷돈 대고, 배낭여행하라고 배낭까지 사주겠다면 그렇게 하라. 하는 김에 유학도 시키고, 좋은 직장도 챙겨줘라. 훌륭한 혼처도 붙여주고, 결혼식에는 몸만 오게하라. 손자손녀 잘 키워주고, 최소한 아파트 한 채는 물려주고 가라.

그렇게 애지중지 키운 마마보이, 마마걸이 나중에 자기만 알고, 인정이 메마르고, 따로 놀듯 겉돈다 해도 절대 섭섭해하지 말라. "내가 너를 어떻게 키웠는데…." 이런 유감의 말이 무슨 소용인가. 어차피 내 욕심 아니었던가. 내 자식을 내 것으로 여겨 화려하게 치장하고 남들 보란 듯이 자랑하고, 과시했으면 그것으로 족한 것 아닌가.

둘째, 마음을 굳게 가져야 한다. 자식에게 쏠리는 '다정'을 지혜롭게 다스려야 한다. 자식이 자신의 길을 찾아 스스로 설 때까지 격려하면서 묵묵하게 기다리려면 더 크고 강한 사랑이 필요하다. 그건 너무 비정하다고? 그렇다면 비정한 부모가 돼라. 그 정도 각오는 있어야 험한 세상을 자기 색깔과 모양대로 꿋꿋이 살아가는 멋있고 강한 자식을 만들 수 있다.

이제 묻자. 당신은 자식에게 모든 것을 다 바쳐 '올인'하면서도 평안하게 노후를 누릴 수 있을 정도로 많은 돈과 시간을 확보할 자신이 있는가. 아니면 자식을 강하게 키워 일찍 홀로 세우고, 가벼운 몸과 마음으로 노후를 신나게 만들어가겠는가? 어느 쪽이 더 할 만한가? 선택은 각자의 몫이다.

노후를 위해 저축하면서
왜 영혼을 위한 저축은 하지 않는가?

행복

3종 경기

'행복 3종 경기'라는 걸 최근 만들었다. 종목은 자전거 20킬로미터, 등산 4킬로미터, 절 49배다. 요령은 다음과 같다.

먼저 집에서 청계사 입구까지 10킬로미터를 자전거로 달린다. 그곳에 자전거를 두고 청계사까지 산길 2킬로미터를 오른다. 청계사에서 절 49배를 하고 되돌아온다. 이렇게 하면 대략 3시간 정도 걸린다.

이 경기는 어떻게 우승자를 뽑을까? 우선 서둘러 마친 사람은 아니다. 빨리 끝낸 사람은 하위권일 가능성이 높다. 그렇다면 늦게? 천천히 하면 상위권이 유력하지만 반드시 그런 것은 아니다.

사실 이 경기에서 시간은 중요하지 않다. 0.01초까지 우열을 가리는 속도 경기가 아니기 때문이다. 이 경기의 핵심은 '누가 가장 즐겁게 했느냐'다. 즉 행복의 총량과 깊이가 중요하다.

그걸 어떻게 측정하나? 행복이란 다분히 주관적인 느낌인데 난감하다. 다만 이렇게 생각해볼 수 있겠다.

1. 기분이 정말 좋다. 합격!

2. 너무 좋아서 몸이 개운하고 머리가 환해진다. 나도 모르게 노래가 나온다. 상위권!

3. 어느 순간, 온몸의 세포가 기쁨에 떤다. 길가의 풍경이 정말 아름다워 나도 모르게 탄성을 지른다. 선두권!

4. 행복이 넘쳐 혼자 누리기 벅차다. 이 행복을 나누고 싶다. 우승권!

5. 충만한 행복에 마음이 고요하고 평화롭다. 우승!

그렇다면 어떻게 경기를 해야 우승을 넘볼 수 있을까?

첫째, 자전거를 제대로 즐긴다. 목표 지점을 향해 가되 목표는 길잡이일 뿐이다. 나는 페달을 밟고, 바람을 가르는 이 순간이 더 좋다. 관건은 오르막이다. '힘들게 왜 이걸 하지?' 이런 회의를 떨쳐내지 못하면 감점이다. 힘들어도 받아들이고 묵묵히 간다. 나의 한계를 시험한다. 한계를 넘어 새로운 차원을 느낀다. 내리막에 들어 인내가 준 열매가 얼마나 달콤한지 음미한다.

둘째, 산길을 온전히 즐긴다. 산사로 가는 마음이 바쁘면 안 된다. 그러면 감점이다. 절도 좋지만 지금은 호젓한 이 숲 속의 길이 더 좋다. 그 길에 햇살이 비치고, 새들이 지저귄다. 바람이 스치고, 낙엽이 흩날린다. 나는 햇볕과 바람과 새소리를 즐긴다.

셋째, 절을 하며 내 안으로 깊이 들어간다. 가쁜 호흡을 가다듬는다. 마음을 가라앉힌다. 나를 반성한다. 잡념을 떨쳐낸다. 나를 사로잡는 잡념의 수가 많으면 감점이다. 생각의 속도를 늦춘다. 절을 마친 후 나의 마음은 잔잔한 호수 같다. 평화로움이 넘친다. 이러면 우승이다.

나는 이 '행복 3종 경기'에서 우수한 성적을 거두기 위해 지금부터 열심히 연습할 참이다. 하지만 매일 자전거를 타고, 산길을 오르고, 절을 할 수는 없는 노릇이다.

그래도 연습은 할 수 있다. 핵심은 모든 순간을 놓치지 않는 것이다. 지금 이 순간에 충실하는 것이다. 행복한 순간을 즐기고, 어려운 순간을 순순히 받아들이는 것이다. 목표를 지향하되 그것에 매달리지 않는 것이다.

이런 훈련이라면 언제 어디서나 할 수 있다. 출퇴근길에 할 수 있고, 일하면서 할 수 있다. 엘리베이터를 기다리면서 할 수 있고, 밥을 먹으면서 할 수 있다. 모든 일상이 행복을 늘리는 실전 연습이 될 수 있다. 그러니 평소에 꾸준히 연습하고 주말에 실전에 나서면 된다.

나는 주말 실전 경기를 하면서 묻는다. 연습은 충분했나? 이번 주 기록은 얼마나 좋아졌나? 우승은 할 수 있겠나?

나는

걷는다

『나는 달린다』라는 책을 쓴 요쉬카 피셔 전 독일 외무부 장관. 이 양반은 꽤 별난 사람 같다. 고등학교 중퇴에다 노숙자, 택시운전사, 녹색당 당수 등을 거친 인생 유전도 별나지만 하는 행동거지는 더 유별나다.

　독일에서 대중스타가 된 그가 얼마 전 다섯 번째 결혼을 했다. 행복한 만남과 가슴 아픈 이별을 반복하는 걸 보면 기가 뻗치는 다혈질임에 틀림 없다. 한번 작심하면 끝을 보고 마는 그 스타일대로 다이어트도 화끈하다. 먹을 때는 너무 먹어 몸무게를 주체하지 못하고, 살을 뺄 때는 앞뒤 안 가리고 달려 결국 날씬한 몸을 만들어낸다. 지금은 신혼 초니까 아마 살을 빼고 관리하는 쪽이겠지만 언젠가 또 무슨 계기로 스트레스를 받으면 다시 몸을 불리고 이별을 맞이할지 모른다.

　그는 적게 먹고 많이 달리는 방법으로 1년 만에 몸무게를 112kg에서 75kg으로 줄였다. 그러나 이것보다 더 인상적인 것은 그가 달리면서 깨달은 것들이다. 그는 자신의 비만이 결국 세상에 대한 욕망에서 비롯된 것이고, 체중을 줄이는 것이 욕망을 버리는 일과 같다는 점을 깨닫는다. 달리기가 그의 모습뿐만 아니라 그의 생각과 마음까지 건강한 상태로 돌려놓은 것이다. 그래서 나도 달려보려고 하지만 아무래도 내 체질이 아니다. 중학교 때부터 꼴찌를 도맡아온 오래달리기 실력이 어디 갈 리 없다.

하지만 나도 걷는 것만큼은 자신 있다. 달리기 광이 있듯 굴리기自轉車 광도 있고, 걷기 광도 있다. 물론 오르기登山 광도 있다.

『나는 걷는다』라는 3권짜리 책을 쓴 베르나르 올리비에. 30여 년간 프랑스의 주요 일간지와 방송국에서 정치, 경제부 기자로 일했던 그는 63세 은퇴한 나이에 실크로드 대장정에 나선다. 터키 이스탄불에서 중국 시안까지 1,099일간 1만2,000여 킬로미터를 걷는다. 그 여정의 기록은 세상과 자신을 깊이 성찰하는 고독한 '행복일기'다. 은근과 끈기로 뭉친 이 양반은 확실히 요쉬카 피셔와는 색깔이 다르다.

걷기라면 우리나라에도 고수가 많다. 멀리 '대동여지도'를 만든 김정호와 18세기 중반 『택리지』를 쓴 이중환은 평생을 강호유랑江湖流浪과 주유천하周遊天下로 보냈다.

몇 년 전 『다시 쓰는 택리지』란 책을 쓴 신정일 씨는 남한의 7대 강과 300여 곳의 산을 모두 걸었다. 학교라면 초등학교에 그친 그는 20여 권의 답사기를 쓴 유명 저자다.

노처녀 김남희 씨도 걷기파의 계보를 잇는 신예다. 그녀는 해남 땅끝마을에서 통일전망대까지 걷고 걸었다. 그것도 모자라 틈만 나면 2, 3일짜리 도보여행을 하다가 끝내 사표를 내고 온전히 길 위에 섰다. 얼마 전에는 티베트의 어느 지방인가를 걷고 있다는 글을 올렸는데, 지금은 어디를 걷고 있는지 궁금하다.

올 여름휴가 때는 그녀가 추천한 길 가운데 한 곳을 골라 걸어보았다. 강원도 인제 방태산 자락의 외딴 산골인 '아침가리.' 산이 너무 깊어 '아침에 해가 잠깐 날 때만 밭을 간다'고 해서 이름 붙여진 옛 화전민 마을이다. 그곳 깊은 산길을 하루 종일 걸으면서 나는 영화 속의 '동막골'을 보았다. 그곳은 평화로운 '숲의 나라'요, '물의 나라'였다.

나의 이 걷기 실험은 행복했다. 나는 사람들이 왜 두 발로 걷고, 뛰고, 오르는지 이제야 알 것 같다. 그것은 일상과 욕망에 찌들어 돌아보지 않는 '나'에게로 찾아가는 여행이다. 마음이 번잡하고 바쁠수록 걸어야 한다.

† † †

『걸으면 살고, 누우면 죽는다』라는 2권짜리 책을 쓴 한의사 김영길 씨. 이 양반도 별난 이력을 갖고 있다. 그는 서울대 천문학과를 나왔지만 백범사상연구소에서 재야운동을 했고, 끝내는 한의사가 됐다.

그렇다면 목 좋은 곳에 한의원을 내는 게 당연하겠지만 그는 그걸 강원도 오지인 방태산 깊은 산골에 차렸다. 거기서 매일 산을 타고, 약초를 캐고, 냉수욕을 한다. 그리고 막다른 골목에 몰려 알음알음 찾아오는 불치병 환자들을 맞는다.

그런데 그 치료라는 것이 '걷는 것' 외에는 별다른 게 없다. 그는 다리가 부러진 골절환자가 아니라면 무조건 걷도록 한다.

나는 사람들이 왜 두 발로
걷고, 뛰고, 오르는지 이제야 알 것 같다.
그것은 일상과 욕망에 찌들어 돌아보지 않는
나에게로 찾아가는 여행이다.

걸어가든 기어가든 매일 아침 우리나라에서 가장 높은 해발 1,000m 지점에 있다는 개인산 약수터까지 올라가서 약수를 마시고 오게 한다.

그에게 걷기는 만병을 다스리는 처방전이다. 그것은 거의 '신앙' 수준이다. 그의 책에는 사람들을 이런 식으로 걷게 해서 죽음의 문턱에서 회생시킨 기적 같은 얘기들이 펼쳐진다.

하지만 걷는 것이 몸의 병만 고치는 것은 아니다. 세속에 찌든 습성과 욕망으로 가득 찬 마음의 병을 다스리지 않고는 온전히 몸의 병을 고칠 수 없다. 걷는 것은 몸을 먼저 닦고 마음을 닦는 자기수양先命後性의 한 방편이다.

우리는 매일매일 쓸데없는 것을 너무 많이 보고, 너무 많이 듣고, 너무 많은 말을 한다. 빠르고 많은 정보를 원하고, 그걸 돈으로 여긴다. 시시콜콜한 남의 얘기로 가득 찬 정보의 홍수 속에 산다. 그러나 정작 자기는 살피지 않는다.

나를 평가하는 '남'에게 비쳐진 허상이 내 안에 있는 진짜 '나'보다 더 중요하다. 나의 가치와 소득을 정하는 곳은 시장이고, 그 시장에서는 모든 것에 값을 매겨 사고판다. 그래서 주변엔 온통 '시장주의자'들이 넘쳐난다. 그 시장에서 '나'는 상품일 뿐이다.

그러나 두 발로 걸을 때 나는 나와 대화하고, 진짜 '나'를 돌아본다. 걷고, 달리고, 오르는 것은 똑같이 두 발로 한다. 반드시 한 발짝씩 내딛는다는 점도 같다. 남이 대신해줄 수도 없다.

하지만 다른 점도 있다. 달리는 것은 '더 빨리', 오르는 것은 '더 높이' 가려 하지만 걷는 것은 '더 오래, 더 천천히' 가려 한다. 달리는 것은 '목표지점'을, 오르는 것은 '정상'을 향해 직선으로 나아가지만 걷는 것은 걷는 그 자체가 더 중요하다. 달리고 오르는 것은 땀과 인내를 요구하지만 걷는 것은 여유와 평화를 요구한다. 이른바 '느림의 미학'이다.

나는 매일 걷는다. 주중에는 회사 근처 헬스장에서, 휴일에는 동네에서 걷는다. 비가 오나 눈이 오나 걷고, 아침이든 점심이든 저녁이든 걸으려 한다. 일주일에 4번 이상, 한 번 걸을 때 40분 이상, 4킬로미터 이상을 걷는다. 이른바 '4-4-4 룰'이다. 걸을 때는 아무 생각 없이 걷는다. 내 몸의 나쁜 기운들을 내보내고 잡다한 상념들을 가라앉힌다. 그렇게 수년을 걷는 동안 몸무게는 11킬로그램이 줄었다.

그러나 더 큰 변화는 내 안에서 일어났다. 나를 느낀 것이다. 걷는 것, 그 것은 '자기혁명'의 시작이자, 공짜로 행복을 느끼는 비결이다.

† † †

올해도 열심히 걸었다. 하루에 평균 4킬로미터씩 주 5일은 걸었으니 일주일에 20킬로미터, 한 달에 80킬로미터는 걸은 셈이다. 일 년으로는 960킬로미터이니 얼추 1,000킬로미터를 걸었다고 해도 될 것 같다. 1,000킬로미터 중 가장 많이 걸은 길은 러닝머신 위다. 그 길이야 마냥 돌고 도는 길이니 설명이 필요 없겠다. 그러나 다른 길들은 걸을 때마다 새로웠다.

우선 백운호수. 둘레가 4킬로미터인 이 호수 산책길에서 옆으로 빠져 백운산으로 오르는 길은 내가 가장 좋아하는 길이다. 호젓한 이 오솔길에 들어서면 갑자기 사위가 고요해지면서 평화로운 기운이 나를 감싼다. 올해도 휴일이면 그 길을 거의 빠짐없이 걸었다. 567미터 백운산 정상으로 이어지는 이 길은 정말 흥미진진한 소설 같다. 소설처럼 '기승전결'이 있다.

도입부에 해당하는 1막의 길은 아주 편안하고 아름답다. 이 길은 산허리를 감싸고 돌면서 백운호수 전경을 아홉 번 보여준다. 2막부터는 길이 좁아지면서 가팔라지고, 3막에서 절정에 이른다. 숨이 턱에 차는 고비에 이르면 마침내 백운산 능선이 나타나고, 다시 부드럽게 오르내리며 정상에 다다르는 마무리 4막으로 연결된다.

나는 주로 이 길의 1막을 걷는다. 일주일에 한두 번 들르면 그때마다 숲도 색깔을 바꾼다. 봄의 빛깔인 연두색, 여름의 빛깔인 초록색, 가을의 빛깔인 갈색도 볼 때마다 채도와 명도가 다르다. 나는 그 길에서 생명의 기운이 꿈틀대는 봄의 용솟음과 여름의 왕성함, 가을의 차분함과 겨울의 고적함을 모두 맛보았다.

백운호수 다음으로 많이 걸은 길은 청계천이다. 봄볕 따스한 날과 가을 바람이 선선한 날이면 사무실 앞 청계천이 나를 부른다. 청계광장에서 평화시장과 두타빌딩이 있는 모간수교까지 2.7킬로미터를 왕복하면 딱 1시간 걸린다. 점심 때에는 음악이 흘러나온다. 나는 눈을 감고 그 음악을 듣는다. 눈을 감으면 귀가 열린다. 나는 물 흐르는 소리와 폭포 부서지는 소리 사이로 어우러지는 음악 소리를 들으면서 어느 깊은 계곡을 걷고 있다는 착각에 빠지곤 한다. 그것도 싱거우면 마전교쯤에서 빠져나와 광장시장 골목을 누빈다. 나의 청계천 산책은 이렇게 행복했다.

청계천 다음으로 많이 걸은 길은 남산 산책길. 장충동 국립극장에서 3.5킬로미터 북측 순환로를 따라 남대문 숭의여대 쪽으로 나오면 40분이 걸린다. 벚꽃이 막 피어오르는 날, 그 꽃이 만개한 날, 하얀 꽃잎이 바람에 눈처럼 날리는 날, 개나리 진달래 어우러져 온통 화려한 봄날, 그 길을 찾는다. 단풍 짙어 세상이 붉게 물든 청명한 가을날, 그 길을 걷는다.

남산 길 다음은 삼청공원에서 북악산 성곽을 따라 말바위 쉼터에 이르는 길이다. 삼청공원을 한 바퀴 돌다가 운 좋게 발견한 이 길은 다녀오는 데 50분쯤 걸린다. 초여름과 초가을 햇살이 따가운 날, 그 길을 걷는다. 숲과 빛이 숨바꼭질하면서 만들어내는 실루엣이 환상적이다.

당신의 주변에도 이렇게 아름다운 길이 있는가. 아니면 좋다는 길은 하나같이 멀리만 있는가. 그래서 걸을 길이 없는가. 걸을 길은 있는데 걸을 틈이 없는가. 아마 그렇지 않을 것이다. 길은 가까이 있고, 걸을 틈도 있을 것이다. 당신이 걷지 않는다면 그건 그럴 마음이 없기 때문일 것이다.

즐겁게 걷는 게
가장 좋은

걸음이다

부시맨. 원시와 서구 문명의 충돌을 통쾌하게 희화했던 아프리카 원주민. 그가 돌아왔다. 이번에는 '마사이워킹'이란 그럴듯한 웰빙 상품의 옷을 차려 입고 도심에 입성했다. 그의 걸음을 본받기 위한 훈련센터와 장비가 인기다. 그처럼 껑충껑충 걷겠다고 다짐하는 도시인도 많아졌다.

마사이워킹에 이어 '장생보법'이란 것도 나왔다. 단월드를 이끄는 이승헌 선생이 고안한 이 걸음 또한 전국에 걸친 단학 네트워크를 기반으로 빠르게 보급되고 있다.

어떤 걸음이든 잘 걷자고 하는 것인데 마다할 이유가 없다. 다만 그것마저 돈으로 사고파는 상품으로 포장되고, 소비되는 풍토가 아쉽다. 걷기가 유행이나 패션이 되어서는 곤란하다. 그것은 걷기의 본질을 흐리는 것이다. 인간은 눕거나 앉거나 뛰는 것보다 두 발로 걷는 것이 훨씬 더 자연스러운 '걷는 동물'이 아니던가.

마사이워킹과 장생보법. 실제로 걸어보니 정말 효과가 있는 것 같다. 마사이워킹은 수렵을 위해 가볍고 민첩하게 움직이는 데서 비롯된 아프리카식 보법이다. 장생보법은 몸과 기의 상승작용을 감안한 동양식 보법이다. 그러나 걷는 방법만 보면 거의 비슷하다.

첫째, 허리를 곧게 편다.

둘째, 턱을 가볍게 당긴다.

셋째, 시선을 자연스럽게 정면 약간 아래쪽에 둔다.

넷째, 두 무릎을 스치듯 11자 걸음을 한다. 팔자나 안짱다리 걸음이 아니다.

다른 점은 무엇인가. 마사이워킹은 뒤꿈치부터 땅에 내려놓고 앞꿈치로 치고 나간다. 그래서 전용 신발도 가운데가 볼록한 둥근 배 모양이다. 이 신발을 신고 잘 걸으려면 뒤꿈치에서 앞꿈치로 이동하는 보행 에너지의 리듬을 타야 한다.

장생보법은 발바닥 앞부분 3분의 1 지점에 있는 '용천혈'부터 걸음을 시작해 발가락을 움켜쥐듯 치고 나간다. 당연히 몸이 1도가량 앞으로 기운 느낌이다. 이렇게 하면 아랫배 단전에 힘이 들어가고 복식호흡을 하기 쉽다. 엉덩이는 꼬리뼈를 말아 올리듯 약간 앞으로 내밀고 괄약근에 힘을 준다. 결국 마사이워킹에서 뒤꿈치 착지 부분을 빼면 장생보법과 거의 똑같다.

그렇다면 마사이워킹으로 할까, 아니면 장생보법으로 할까. 이런 고민을 하는 사람도 있을 것 같다. 하지만 고민도 순서가 있는 법. 진짜 중요한 것은 걷는 것이다. 그러니 무조건 걸어라. 걷는 습관부터 들여라. 어떻게 걷든 걷는 것은 몸과 마음에 좋다. 즐겁게 걸으면 그것이 가장 좋은 걸음이다. 편한 마음으로 행복하게 걸으면 영혼도 건강해진다. 걷는 게 너무 좋아 더 잘 걷고 싶은 생각이 들면 그때 장생보법이든 마사이워킹이든, 아니면 파워워킹이든 배워보라.

'걷기 명상'을 생활운동으로 전파하고 있는 틱낫한 스님은 굳이 어떤 자세로 걸어야 한다고 말하지 않는다. 대신 마음가짐에 대해 매우 엄격하게 주문한다.

우선 숨을 들이쉬면서 두세 걸음 걷는다. 걸으면서 속으로 말한다.

"나는 도착했다."

다시 숨을 내쉬면서 두세 걸음 걷는다. 걸으면서 말한다.

"나는 집에 있다."

걸음걸음마다 도착하니 서두를 이유가 없고, 내 집에 있으니 편안하다.

화가 났을 때도 같은 방식으로 화를 다스린다.

'숨을 들이마시며 분노가 내 안에 있음을 안다. 숨을 내쉬며 평온한 마음으로 내 분노를 끌어안는다.'

걷기에서 깨달음과 평화의 에너지를 얻으라는 것이다. 근심이나 두려움을 다스리는 방법도 같다. 이승헌 선생도 똑같은 말을 한다.

"당신이 호흡하고 있는 숨을 자각하고, 당신이 걷고 있는 걸음걸이를 자각하고, 그 흐름을 다시 긍정적인 방향으로 바꿀 수 있다면 그것이 바로 '깨달음'이다."

　잘 걷는 것. 그것은 형식에 갇히는 걸음이 아니라 자아의 심연을 찾아가는 걸음이다. 채우는 걸음이 아니라 비우는 걸음이다. 내 몸의 나쁜 기운과 내 마음의 욕심, 내 머리의 번잡한 생각들을 덜어내는 걸음이다.

당신이
곧

길이다

"과거엔 누굴 만나러, 어디를 가기 위해서 다녔습니다. 그러나 지금은 걸음이 삶입니다. 걷는 중에 누굴 만나고, 가다 보면 어디에 도착합니다."

생명평화탁발순례단을 이끌고 있는 도법 스님의 '걷기'다. 스님은 2004년부터 매년 그렇게 걷고 있다. 지난 2004년 3월 1일 지리산 노고단을 출발해 제주·부산·경남·울산2004년, 전남·광주·경북·대구2005년, 전북·대전·충남2006년, 충북·강원2007을 돌며 생명과 평화를 '탁발'했다. 2008년에는 경기도를 걸었다.

스님은 물 흐르듯 걷는다. 걷는 것 자체가 목적이다. 어디에 도착하기 위한 방편이 아니다. 걸어서 히말라야를 넘었다는 티베트의 노스님도 도법 스님의 '무심보법' 못지않다.

1959년 티베트에서 중국의 침략을 피해 여든이 넘은 노스님이 히말라야를 넘어 인도에 왔다. 그때 기자들이 놀라서 물었다.

"어떻게 그 나이에 그토록 험준한 히말라야를 맨몸으로 넘어올 수 있었습니까?"

노스님은 대답했다.

"한 걸음, 한 걸음, 걸어서 왔지요."

누구라도 이런 경지에 쉽게 이르지 못할 것이다.

'걷기 마니아'들의 성지가 된 산티아고 가는 길. 프랑스 남단 생장피드포르에서 스페인 서북부 산티아고의 야고보 성당에 이르는 800킬로미터 순례길이다. 지난 2003년 9월 69세의 20년 지기 목사와 함께 36일간 이 길을 걸었던 조이스 럽 수녀는 '자신이 평소에 어떻게 걸어왔는지', '그 걸음이 자신을 어디로 이끌었는지'부터 돌아보게 된다.

> "중단 없는 전진, 그것이 우리의 무언의 구호였다. 전진, 전진, 전진. 빨리, 빨리, 빨리. 그렇게 서두르는 통에 걷기 자체의 즐거움을 잃고 있음을 우리는 곧 깨달았다. 우리가 집을 떠나온 것은 모든 것에서 벗어나는 자유를 누리기 위해서였건만 우리는 그 긴장을 모양만 바꾸어 그대로 가지고 왔다."

그녀는 '서두르는 스트레스가 내면의 조화와 카미노여정의 영적 모험을 앗아간다'는 사실을 깨닫고 걸음을 늦춘다. 그녀가 한 여행자 숙소에서 발견한 경구는 도법 스님의 말씀과 똑같다.

"순례자여, 당신이 길을 걷는 것이 아니라 당신이 곧 길이다. 당신의 발걸음, 그것이 카미노다."

당신이 길을 걷는 것이 아니라 당신이 곧 길이다.

당신의 발걸음… 그것이 삶이다.

이것이 비단 걷기에만 해당하는 것일까. 따지고 보면 우리가 삶과 일을 대하는 태도도 이와 똑같다. 결국 다음의 두 가지 중 하나 아니겠는가.

1. 목적지에 도달하기 위해 걷는다. = 목적 달성을 위해 일한다.
2. 걷다 보니 목적지다. = 일 자체가 즐거움이다.

당신은 어느 쪽인가. 아침 출근길에 나서는 걸음은 1번일 것이다. 일터에서 일하는 방식도 대부분 1번일 것이다. 퇴근길 발걸음도 그리 가볍지 않을 것이다. 우리는 이기기 위해, 성공하기 위해 쉬지 않고 내달린다. 숨 가쁜 경쟁에서 뒤지지 않을까, 탈락하지 않을까 마음이 항상 불안하다. 학교도, 사회도 모두 '성적순'이다. 오로지 경쟁과 승리를 부추긴다. 그러니 느긋하게 걸을 수 없고, 즐겁게 일할 수 없다.

오늘 하루 나에게 일 자체가 즐거움이었던 시간은 얼마나 될까. 그 시간을 늘리는 것이 바로 행복을 늘리는 길일 것이다.

인덕원이
압구정보다

좋다

"인덕원이 압구정보다 좋다!"

뭘 모르는 소리라고 하면 그럴지도 모르겠다. 강남에 살아본 적이 없는데 어찌 강남을 알고, 강남을 논하리요. 어쨌든 나는 내가 사는 인덕원이 압구정보다 좋다.

첫째, 아파트 정문에서 길을 건너면 청계산 등산로다. 의왕 이미골에서 과천 매봉으로 가는 완만한 능선 길인데 다른 코스처럼 줄 서서 산을 오를 필요가 없다. 매봉으로 섭섭하면 망경대에 올랐다가 청계사나 이수봉 쪽으로 내려온다.

둘째, 아파트 후문은 학의천 산책로와 붙어 있다. 학의천 물은 생각보다 맑다. 여름에는 꼬마들의 수영장도 된다. 이 학의천으로 내려가 왼쪽으로 3킬로미터를 가면 백운호수다. 둘레가 4킬로미터인 백운호수는 봄, 여름, 가을, 겨울이 다르고, 아침, 점심, 저녁이 다르다. 햇살이 쏟아져도 좋고, 비가 내려도 좋고, 눈이 와도 좋다. 이 아름다운 호수를 백운산, 관악산, 모락

산, 청계산이 동서남북에서 감싸고 있다.

후문 앞 학의천에서 오른쪽으로 4.3킬로미터를 가면 안양천과 만나고 안양천은 한강으로 흐른다. 집에서 자전거를 타고 2시간 열심히 달리면 한 강에 다다를 수 있다. 그러니 나는 갈 곳이 많다.

1시간을 즐기려면 백운호수를 다녀온다. 2시간을 즐기려면 그 백운호수를 한 바퀴 돌고 온다. 3시간을 즐기려면 청계산이나 백운산을 오른다. 4시간을 즐기려면 자전거를 타고 갈 데까지 갔다 온다. 물론 다른 방식의 응용 조합도 얼마든지 가능하다. 예컨대 자전거로 학의천을 달리다가 극장으로 빠져 영화 한 편을 보고, 시장에 들러 고등어 한 마리를 사오는 식이다.

이 정도면 그럴듯한가. 내가 보기엔 동호대교, 성수대교, 압구정로, 88올림픽대로로 동서남북 사방이 자동차 길에 갇힌 압구정 현대 아파트보다 인덕원 아파트가 좋다. 그래도 철없는 소리라고 하는 분이 있다면 아마 이런 이유를 댈 것이다.

첫째, 8학군이 '졸'이냐. 서울대는 아무나 보내는 게 아니다.

둘째, 대한민국 집값을 이끄는 랜드마크다.

셋째, 재건축하면 아파트는 더 좋아지고, 더 높아지고, 더 비싸진다.

넷째, 수준 높은 이웃과 끼리끼리 놀아야 한다. 부자와 어울려야 부자 된다.

다섯째, 최고급 명품은 이곳에 다 모인다.

여섯째, 한강이 흐른다.

일곱째, 사통팔달이다.

다 맞는 얘기다. 혹시 조선시대 권신 한명회가 정자를 짓고 풍류를 즐기던 동네와 내시들이 살던 동네를 어찌 같은 반열에서 비교하려 하느냐며 언짢아하는 분이 있을지 모르겠다. 인덕원이 그리 좋으면 거기서 평생 살라고 핀잔을 주는 분도 있을 수 있겠다.

하지만 나는 앞에 열거한 정도라면 압구정이 인덕원보다 좋다는 데 동의할 수 없다. 오를 산도 없고, 한강 변 외에는 걷거나 자전거를 탈 곳도 마땅치 않은데 왜 집값은 한두 배도 아니고 서너 배나 비싼지 이해가 안 된다.

더구나 압구정 주민이 더 행복하게 산다는 증거도 없다. 집값으로 10억~20억 원을 깔고 살아도 아등바등하기는 마찬가지다. 아니, 부와 성공에 번쩍이는 욕망의 도심에 갇힌 압구정 사람이 더 아등바등하지 않을까 싶다.

나의 천국은 분명 압구정보다 인덕원에서 더 가깝다.

대운하
대신

웰빙운하

내가 사는 인덕원에서 회사가 있는 청계광장까지 물길로 갈 수 있을까. 갈 수 있다. 다만 노선이 조금 복잡하니 자전거를 타고 가보자.

우선 아파트 후문 곁 학의천에서 서쪽으로 4.3킬로미터를 달린다. 거기서 안양천을 만나 북쪽으로 23.5킬로미터 달리면 한강 성산대교가 보인다. 여기서 동쪽으로 20킬로미터를 달려 성수대교가 나오면 다리를 건너 뚝섬 서울숲에서 잠깐 쉰다. 이곳이 청계천이 중랑천을 만나 한강과 합류하는 지점이다. 그러니 여기서 청계천으로 길목을 잡아 거슬러 올라가면 서울 한복판 청계광장에 이를 수 있다. 다만 청계천에서 자전거는 사절이니 걸어야 한다. 간단히 요약하면 학의천 → 안양천 → 한강 → 중랑천 → 청계천을 통해 집에서 회사까지 물길이 이어지는 것이다.

인덕원에서 과천으로 넘어가면 훨씬 간편한 노선도 있다. 과천 중심부까지 물길을 낸 양재천을 따라 10킬로미터가량 달리면 탄천과 만나는 학여울이 나오고, 여기서 북쪽으로 틀어 3킬로미터 가면 잠실 종합운동장 부

236

근의 한강이다. 그러니 여기서 서쪽으로 한강고수부지를 조금 타다가 성수대교를 건너 서울숲에 도착하면 청계천 입구에 다다르는 셈이다. 양재천 →탄천 → 한강 → 중랑천 → 청계천 노선이다.

물길을 잇는다는 것은 이렇게 멋진 일이다. 가장 큰 물줄기인 한강을 소통시켜 놓으니 그보다 작은 안양천이 한강에 길을 대고, 그다음엔 더 작은 학의천이 안양천으로 길을 트는 식이다. 사실 안양천에서 한강까지 산책로를 완전히 뚫은 것도 몇 년 되지 않았다. 그 전에는 안양 석수역 근처에서 길이 끊겨 복잡한 대로로 나갔다가 시흥쯤에서 다시 안양천에 복귀해야 했다.

분당을 가로지르는 탄천도 난개발의 상징이 된 용인 구성에서 산책로가 끊긴다. 나는 가끔씩 그곳에서 자전거를 돌리면서 '이 길이 부산까지 이어졌으면' 하고 아쉬워한다. 자전거를 타고 꼬불꼬불 이어진 550킬로미터 물길을 따라 부산에 이르고 싶은 것이다. 따지고 보면 그렇게 황당한 일도 아니다. 한강에서 아침 해를 바라보면서 구리 → 팔당 → 양평으로 달리고, 양평에서 남쪽으로 충주 → 문경 → 상주 → 구미 → 밀양으로 달리다 보면 결국 부산에 닿지 않겠는가.

한반도 대운하 논란에 나라가 시끄럽다. 그 소음에 한마디 더하는 것 같아 조심스럽지만 나는 '반대'다. 3면이 바다인 우리나라에서 배가 오가는 물류 개념의 인공 운하가 무슨 필요가 있을까 싶다. 수십 개의 갑문과 터널을 만들어 물길을 트고, 가두고, 관리하는 방식은 1970, 80년대 치산치수식 국토개발의 냄새가 난다. 전쟁의 상처가 깊었던 1940, 50년 전에는 그것이 옳았을 수 있다. 청계천도 지금 뜯고 보니 좋지만 1950, 60년대 무작정 상경한 이농자들이 게딱지 같은 판잣집으로 청계천을 점령했을 때는 정말 덮고 싶었을 것이다. 온갖 생활하수가 대책 없이 쏟아지는 청계천에 뚜껑을 덮고 도시빈민을 단숨에 쓸어버린 개발 독재시대의 슬픈 역사를 어찌 몰라라 할 것인가.

그러나 이제는 콘크리트를 걷어내고, 썩은 물과 죽은 하천을 살려야 할 때다. 하천 부지에 산책로와 생태공원을 만들고, 크고 작은 물길들을 이어야 하는 시대다. 개발시대의 낡은 상상력을 담은 '대운하' 대신 '웰빙운하'를 만들어야 할 때. 세상의 물길이 아름답게 엮인 청정한 그곳에서 워킹 족은 걷고, 조깅 족은 뛰고, 사이클링 족은 달리고 싶다.

† † †

해남 땅끝마을에서 강원도 고성 통일전망대까지 한반도 남단을 비스듬히 가로지르는 길은 거리가 얼마나 될까. 820킬로미터다. 우리나라 최남단과 최북단을 잇는 이 길이 국토종단 정통 코스다. 걷는 것을 업으로 삼은 김남희 씨는 이 길을 29일 동안 걸었다. 하루에 평균 28.3킬로미터씩 걸은 셈이다.

40년 평생을 초등학교 교사로 일하다 정년퇴직한 황경화 할머니. 이분은 65세에 국토종단에 나서 23일 만에 완주한다. 오지여행가인 한비야 씨는 이보다 천천히 49일 만에 통일전망대에 도착한다.

공교롭게도 이 세 분 모두 여자다. 그런데 이분들이 걸은 길은 산길과 시골길, 도시의 차도와 인도가 모두 섞인 그야말로 잡탕이다. 하이커를 위한 '전용 트레일'이 아니다. 그 길을 걸은 소감은 어땠을까. 김남희 씨는 "길은 위대한 학교였다. 길에서 만나는 사람들은 모두 스승이었다"고 말한다. 그리고 그 길을 걷고자 하는 다른 사람들을 위해 한마디 덧붙인다.

> "장담하건대 우리나라의 거의 모든 도로에는 도보여행자나 보행인을 배려하는 마음 씀씀이가 전혀 없습니다. 갓길마저 자주 끊기거나 한 사람이 걷기에도 좁기 일쑤입니다. 그러므로 자신의 안전은 스스로 지키는 수밖에 없습니다."

다른 나라는 어떨까. 미국에도 유명한 국토종단 코스가 두 개 있다. 하나는 동부 애팔래치아 산맥을 타고 가는 애팔래치안트레일AT이고, 또 하나는 서부 시에라네바다 산맥을 타고 가는 퍼시픽크레스트트레일PCT이다. 이 코스의 거리는 얼마나 될까. 나라가 크니 거리도 장난이 아니어서 AT가 3,489킬로미터, PCT가 4,265킬로미터다.

미국 북단 메인 주에서 남단 조지아 주까지 14개 주를 관통하는 AT를 종주하는 데는 4~6개월이 걸린다. 대개 봄에 남쪽 스프링어 산에서 시작해 가을에 북쪽 캐터딘 산에서 끝내는데 이렇게 종단하는 사람을 '노보North Bounder'라 부른다고 한다. 반대로 북에서 시작해 남에서 끝내는 사람은 '소보 South Bounder'라고 한다. 이 길을 111일 동안 걸어서 종주한 '소보' 프랜시스 타폰. 그는 "종주는 그저 긴 도보여행이 아니다. 바로 순례다"라고 말한다.

10여 년 전 워싱턴DC에서 2시간쯤 달려 쉐난도 국립공원에서 이틀 캠핑을 했는데 거기가 AT 코스의 중간쯤 된다.

길은 위대한 학교였다.
길에서 만나는 사람들은 모두 스승이었다.

우리나라 북악 스카이웨이 같은 호젓한 길이 애팔래치아 산맥을 타고 남북으로 끝없이 이어진다는 걸 그때 처음 알고 정말 놀랐다. 고개 구비를 돌 때마다 길목에서 놀던 사슴들이 서너 마리씩 숲으로 뛰어 들어가는 모습도 잊을 수 없다.

미국은 이 길을 1930년대에 만들었다. 그리고 코스를 다듬은 다음 곳곳에 하얀색 안내표지를 달았다. AT와 연결되어 있지만 AT에 속하지 않은 트레일에는 파란색 표지를 달았다. 이런 AT를 처음 제안한 사람은 꿈 많은 하버드 졸업생인 맥카예였다고 한다. 1921년의 일이다. 우리가 일제 암흑기에 있을 때 미국은 이 길을 구상하고 만든 것이다.

한반도 물길을 이으면 우리도 멋진 국토종단 트레일을 만들 수 있다. 그 물길 옆에 자전거도로와 산책로, 생태공원이 들어선다면 얼마나 환상적일지 생각만 해도 마음이 설렌다. 걷든지, 자전거를 타든지, 아니면 롤러 블레이드를 굴리던지 각자 자신만의 방법으로 국토를 종단할 수 있지 않을까. 그러면 충분할 것을 산과 강바닥을 파헤쳐 인공운하를 건설하고 서울에서 부산까지 죽어도 배로 가야겠다고 고집할 필요가 있을까. 더구나 그 운하를 100% 민자로 만들겠다니 혹시 강에서도 통행료를 받지 않을까 걱정된다. 조금 가다 보니 톨게이트가 나와 현대가 돈을 받고, 다시 조금 가다 보니 삼성이 돈을 받는 건 아닐까.

그 운하를 물류비로만 계산하는 걸 보니 짐을 가득 실은 컨테이너선들만 줄줄이 오가고, 한가로운 작은 배들은 얼씬도 못하게 하지 않을까 벌써

부터 걱정된다. 그런 끔찍한 물길이면 차라리 '웰빙 트레일'의 꿈을 접더라도 대운하를 포기하는 게 옳지 않을까.

당신은 개보다

행복한가

"당신은 개보다 행복한가?"

뭐라, 개보다? 너무 불쾌하게 생각하지 마시라. 혹시 미국의 저명한 철학교수가 던진 질문이라면 조금 용서가 되려나. 매트 와인스타인이라는 유명 경영컨설턴트와 루크 바버라는 대학 철학과 교수는 정말로 이 질문을 던진다. 답은 어떻게 나왔을까. 아마 당신의 예상을 벗어나지 않을 것이다. 즉, 개가 더 행복하다. 그들은 말한다.

"많은 사람들이 개처럼 사는 삶에서 배울 점이 많다고 생각하고, 개들처럼 살면 좀 더 행복해질 수 있을 것이라 믿는다."

개들은 사실 이 질문에 전혀 관심이 없을 것이다. 그들은 그냥 행복하니까. 어떻게 행복한지 그 내용이 책 한 권이니 요령껏 15가지만 간추려보겠다.

> 1. 개들은 부정적인 생각에 빠져 있지 않는다. 불만스런 일은 금방 잊어버린다. 반면 우리는 행복을 금방 잊어버린다.

2. 개들은 변화에 잘 적응한다.

3. 개들은 애정을 숨김없이 표현한다.

4. 개들은 놀 수 있는 무한한 능력을 지녔다. 일을 놀이로 바꿀 줄 안다.

5. 개들은 열린 마음으로 인사를 나눈다. 그들의 환영 세레모니는 감
   동적이다.

6. 개들은 진심으로 귀 기울여 듣는다.

7. 개들은 쉽게 용서한다.

8. 개들은 작은 일에도 기뻐한다. 소박한 삶에 행복해한다. 현재에 만
   족할 줄 안다.

9. 개들은 지금 이 순간 곁에 있는 존재를 사랑한다. 사랑하는 이에게
   깨지지 않는 믿음을 갖는다.

10. 개들은 비판을 기분 나쁘게 받아들이지 않는다.

11. 개들은 농담의 대상이 되는 것에 개의치 않는다.

12. 개들은 가벼운 몸으로 여행을 한다. 자유롭게 달린다.

13. 개들은 자기 모습을 남과 비교하지 않는다.

14. 개들은 으르렁거리는 것으로 족할 때는 굳이 물지 않는다.

15. 개들은 건강하다.

　나는 위의 15가지 이유에 전적으로 동의한다. 반대할 여지가 없다. 그래
도 개들이 불행하다면 그건 순전히 인간 탓이다. 개들은 주인을 온몸으로
받들고 따른다. 개는 자기 주인을 나폴레옹쯤 되는 영웅으로 생각한단다.

아이들은 지금 이 순간
곁에 있는 존재를 사랑한다.
사랑하는 이에게
깨지지 않는 믿음을 갖는다.

그들이 주인을 배반했다는 얘기는 들어본 적이 없다.

하지만 주인은 제멋대로다. 개를 자식처럼 사랑하는 주인만 있는 게 아니다. 이기적이고 못된 주인도 많다. 매정하고, 비정한 주인도 수두룩하다. 그런 집의 개는 매일 똑같은 밥만 먹는다. 하루 종일 집에 갇혀 있다. 집에서는 짖지도 못한다. 평생 독신으로 산다. 자꾸 성가시게 보채면 성대가 뽑힌다. 거세당한다.

매일 집에 갇혀 그 밥에 그 나물만 먹으며 평생 처녀 총각으로 살다 죽는다면…. 끔찍하다. 나는 사실 개가 불쌍하다. 함부로 개를 키우지 못하겠다. 개에게 미안하다. 면목이 없다.

개들은 괘념치 않는다지만 틈만 나면 그들을 모욕하는 것도 부당하다. 개XX, 개X, 개만도 못한 X, 개망신, 개털, 개판, 개처럼 벌다, 개같이 산다, 죽쒀서 개준다 등등. 개들은 이런 모욕을 받을 이유가 하나도 없다. 그나마 개는 콤플렉스가 없으니 이런 모욕에도 무심하다. 그런 의미에서도 개들은 행복하다. 아무리 봐도 그들은 지금 그냥 행복하다. 행복에 조건을 달지 않는다. 세상에 놀고 즐길 일들이 가득하다. 그러니 지난날에 연연할 필요가 없다. 내일의 행복을 꿈꿀 리 없다. 내일이 되어도 그냥 행복할 테니까. 행복을 만들고, 쟁취할 이유가 없다. 그건 틈만 나면 행복 타령인 우리의 일이다.

그래서 우리는 개보다 행복하지 못하다. 그러니 행복하고 싶다면 개에게 배우자. 개처럼 살자.

숨 쉬는 게

행복하다

부러진 코뼈를 붙이는 수술을 하고는 양쪽 콧구멍을 단단히 틀어막아놓았다. 이런 상태로 닷새를 지내야 한다니 눈앞이 캄캄하다. 코를 막으니 숨만 가쁜 게 아니다. 가슴이 미어질 듯 답답하고 머리가 무겁다. 침도 삼키기 어려워 제대로 밥을 먹을 수 없다. 잠도 오지 않는다. 시간은 가는 둥 마는 둥 거북이 걸음이다. 나는 졸지에 중환자가 되어 며칠을 죽만 겨우 넘기며 지냈다.

코로 숨 쉬는 게 이렇게 행복한 일인 줄 몰랐다. 그뿐인가. 아침마다 머리를 감고 힘차게 물기를 털어내는 사람이 부럽고, 시원하게 양치하는 사람도 부럽다. 때마다 밥그릇을 비우고, 밤마다 편히 자는 사람도 부럽다. 옆의 환자는 점심 때쯤 입원해 겨드랑이 수술을 했는데 밤새 두 팔을 들어 올린 채 끙끙 앓고 있다. 그야말로 하루 종일 벌을 서고 있는 셈이다. 팔 대신 발등에 링거 주사 바늘을 꽂아 화장실 가는 것조차 수월치 않다. 앞뒤로 팔을 휘저으며 걷는 것도 대단한 호사라는 생각이 스친다.

또 다른 젊은 환자는 어디가 아픈지 모를 정도로 팔팔하다. 나는 그가 제일 부럽다. 저 정도면 더 이상 바랄 게 없겠다. 하지만 그는 최근 석 달 동안 생사의 갈림길을 헤쳐왔다고 한다. 병원에서 맹장염을 장염으로 오진하고 미적거리는 바람에 맹장이 터져버린 것. 의사들은 그의 배를 가르고 닷새를 열었다 덮었다 하면서 청소했다. 그즈음 그가 나를 봤다면 내가 얼마나 부러웠을까. 배를 열어놓은 것은 코를 막아놓은 것과 비교할 수준이 아니다. 아픈 데 없이 건강하게 산다는 게 얼마나 큰 행복인지 새삼 실감한다.

지금 내가 갖고 있는 행복의 총량은 결코 적지 않다. 아래로 내려가니 더 분명하게 보인다. 더 내려가면 더 커지고, 더 분명해질 것이다. 반대로 위로만 오르려 하면 항상 부족할 것이다. 그러니 지금 이 자리에서 내가 가진 행복을 알아차리고 그걸 즐길 일이다.

2005년 5월 루게릭병으로 세상을 떠난 사진작가 김영갑 씨. 그는 제주의 아름다움에 빠져 죽을 때까지 그곳 사진만 찍었다. 돈이 없어 끼니를 거르고, 두세 시간 거리를 마냥 걸어 다녀도 필름만큼은 필사적으로 챙겼다. 곳간 같은 시골 셋방에서 냉골로 겨울을 나면서 20여 년을 버텼다. 그는 제주의 자연이 연출하는 황홀경을 보고 찍으면서 오르가슴을 느낀다. 병이 깊어져 사진기 셔터조차 누를 수 없는 처지에 이르러서도 그는 말한다.

"하나에 몰입해 분주히 움직이느라 단순하고 느리게 살아야 볼 수 있는 것들을 보지 못하고, 느끼지 못했다. 이제껏 경험하지 못한 세상과 삶을 경험할 수 있는 지금이 나는 행복하다. 나의 하루는 평화롭다. 지금 내가

서 있는 이곳이 낙원이요, 내가 숨 쉬고 있는 현재가 이어도다."

이런 사람도 있다.

"살아 숨 쉰다는 것만으로도 기뻐서 아침에 눈을 뜨면 가슴이 뜨겁고
마음이 설렌다. 이 지구상에서 내가 제일 행복하다."

지난해 뼈 빠지게 농사지은 한 해 벌이가 70만 원이었다는 농부 시인 서
정홍 씨의 말이다. 그는 20세 때부터 어느 하루 행복하지 않은 날이 없었다
고 한다. 살아 숨 쉬는 게 벅찬 감동이라는데 무얼 더 바랄까.

이번엔

이것만

우리는 하루에도 오만 가지 생각을 하면서 산다. 쉐드 헴스테더라는 미국의 유명한 심리학자가 정말 그런지 실험을 했다. 결과는 하루에 5만에서 6만 가지 생각을 한다는 것. 하루에 깊이 자는 4시간을 빼고 20시간 동안 5만 가지 생각을 한다면 1시간에 2,500가지, 1분에 42가지 생각을 하는 셈이다. 내 경우를 보면 과장된 수치도 아니다. 당신의 경우는 어떤가.

동서양 가릴 것 없이 이렇게 오만 가지 생각을 하면서 사니 얼마나 고단한가. 더구나 그 오만 가지 가운데 95%가 어제 생각의 반복이고, 85%는 부정적인 생각이라고 한다. 잘될 것이라는 믿음보다는 안 될 것이라는 생각, 불신, 불만, 시기, 질투, 의심 등등. 이런 것들이 모두 스트레스다. 그것이 나의 몸과 마음을 지치게 한다. 그러니 그걸 줄이는 것이 바로 평화와 행복을 늘리는 길이다.

오만 가지 생각을 덜어내고 한 번에 한 가지만 집중해서 하면 평소에 지겹던 일도 신나게 할 수 있다. 청소도 재밌고, 다림질도 재밌다. 설거지도 묘미가 있다. 밥맛도 다르다. 지루한 회의도 할 만하다. 음악도 새롭게 들린다. 거리 풍경도 선명하게 눈에 들어온다.

> "설거지를 할 때 그대는 살아 있고, 즐겁고 행복해야 한다. 접시를 닦는 것은 수단이면서 동시에 목적이다. 다시 말해 우리는 접시를 깨끗이 하기 위해 설거지를 할 뿐만 아니라 접시를 닦는 매 순간 완전히 살아 있기 위해 그 일을 하는 것이다."

틱낫한 스님의 말씀이다.

한 번에 한 가지만 즐겁게 하는 연습을 버스 정류장에서 해보자. 정류장에서 버스를 기다리다 보면 한 사람도 예외 없이 버스가 오는 쪽을 바라보고 서 있다. 어쩌다 고개를 돌려보면 모두 나만 째려보는 것 같다. 버스가 늦으면 그들의 얼굴에 짜증이 배어난다. 다들 기다림을 참지 못하는 것이다. 왜 그럴까. 버스 기다리는 시간을 '죽은 시간'이라 여기기 때문이다. 버스를 타는 게 목적인 만큼 기다리는 시간은 수단일 뿐이다. 그러니 짧을수록 좋다.

그러나 버스는 내 의지와 상관없이 온다. 내가 마음을 졸인다고 빨리 올 리 없다. 그렇게 온 버스를 1등으로 타도 바로 앞 정류장에서 마지막으로 버스에 오른 사람보다 빠를 수 없다. 이번 정류장에서 꼴찌로 버스에 올라도 다음 정류장에서 가장 먼저 타는 사람보다 빠르다.

어쩌다 운 좋게 빨리 온 버스를 1등으로 탔다고 해도 그때만 기분이 좋을 뿐이다. 이제 버스를 타고 가는 것은 수단이 되고 집에 빨리 도착하는 것이 목적이 된다. 나는 버스가 쏜살같이 달리지 않은 것을 탓하기 시작한다.

우리의 일상은 대체로 이러하지 않은가. 느긋하게 해도, 한두 번 양보해도 별 차이 없는데 너도나도 앞뒤 재지 않고 서두른다. 마음을 졸이고, 우르르 몰려다닌다. 늘 여러 가지 일로 부산하다. 요즘처럼 바쁜 시대에 속도는 경쟁력이라고 한다. 생존을 가름한다고 한다.

그러나 마음까지 바쁘면 결국 손해다. 그러니 버스 기다리는 시간을 바쁜 마음을 다스리는 기회로 활용한다. 마음이 달려가면 고삐를 당겨 잡는다. 틈만 나면 앞서가는 마음을 붙잡는 데 집중한다. 버스는 알아서 오고, 알아서 달린다. 할 일 많고, 시간 없는 나와 아무 상관없이 오고 간다. 그런데도 쓸데없이 마음이 앞서 달린다. 나는 지금 그 마음을 붙잡는다. 지금은 버스를 타기 위한 시간인 동시에 달리는 마음을 움켜잡는 시간이다. 이렇게 함으로써 나는 조급함과 기다림을 잊고 평화로워진다. 정류장에서 '무심'을 배운다. 이 순간은 깊어진다.

† † †

FM라디오를 틀고 소파에 누워 책을 편다. 그러면 음악을 듣고 독서도 하면서 쉴 수 있다. 이른바 '1타 3피'다. 여기에 차 한 잔을 더하면 '1타 4피'다. 휴일이면 내가 좋아하는 '행사' 중 하나다.

그런데 가만히 보면 '1타 3피'가 아니다. 음악은 그냥 흘러가고, 책은 한두 장 넘기다 보면 졸리기 시작한다. 그러니 비몽사몽 한두 시간 빈둥거리다 끝난다. 결국 나는 이 행사의 목적을 '책읽기'에서 '퍼지기'로 바꿨다. 좋게 말하면 폼 나게 퍼지기다. 어쨌든 느긋해서 좋다.

문제는 이같이 섞어서 하는 게 만성이 되었다는 것이다. 거실에는 항상 TV가 웅성댄다. 식구들은 TV를 보는 둥 마는 둥, 얘기를 하는 둥 마는 둥 건성으로 어수선한 시간을 때운다. 급하게 아침을 때울 때도 눈은 신문에, 귀는 라디오에 쏠려 있다.

운전할 때는 더 많은 일을 동시에 해낼 수 있다. CD 음악을 고르고, 전화를 하고, 옆 사람과 잡담을 한다. 간혹 때를 놓친 식사도 해치운다. 헬스장에서도 운동만 하는 게 아니다. 누구는 뛰면서 TV를 보고, 누구는 걸으면서 잡지를 읽는다.

요즘 컴퓨터는 두뇌가 두 개인 '듀얼코어', 더 나아가 '멀티코어'라는데 사실 우리의 대뇌야말로 '멀티코어' 수준으로 가동된다. 세상일이 바쁘다 보니 한 번에 한 가지씩 해서는 부족하다. 한 번에 두 가지 이상, 쉬지 않고 스케줄을 소화하는 게 바로 능력 있는 사람이고, VIP라는 증거다.

그 VIP가 되려고 저마다 수첩에 깨알같이 일정을 채운다. 서로 약속시간을 맞추려면 수첩을 꺼내 꼼꼼하게 빈틈을 대조해야 한다. 줄줄이 이어진 점심과 저녁 약속에 숨이 가쁘다. 여기에 조찬까지 끼워 넣으면 호젓한 식사는 한 끼도 없는 것이다. 하루에 점심과 저녁을 두세 번씩 하는 사람도 있다. 이런 사람끼리는 봄에 여름 약속을, 여름에 가을 약속을 잡아야 한다.

할 일이 많으니 마음 편할 날이 없다. 이 일 할 때 저 일을 생각하고, 급하면 이 일 저 일을 섞어서 하니 뒤죽박죽이기 십상이다. 일 없는 실업자들은 무슨 배부른 소리냐고 핀잔을 줄지 모르겠다. 그러나 어쩌랴. 요즘 세상에는 할 일이 너무 많아 불행한 사람과 할 일이 너무 없어 불행한 사람, 이렇게 두 종류만 있는 것을….

명함이 쌓이지만 이름과 얼굴이 연결되지 않는 경우가 더 많다. 아마 상대방도 그럴 것이다. 인사만 나누었지 마음을 나누지 않았으니 남는 것은 명함뿐이다. 이런 곤란을 넘어서기 위해 강한 첫인상을 남기는 사교술이 필요하다. 그 사교술을 익히느라 바쁜 일정에 마음이 더 바빠진다.

그러나 다른 방법도 있다. 일정을 비우는 것이다. 보지 않아도 될 것은 보지 않고, 듣지 않아도 될 것은 듣지 않는다. 한 번에 한 가지만 정성스럽게 한다. 이런 기준에 따라 가고 싶지 않은 자리는 가지 않는다. 마음이 동하지 않는 사람은 만나지 않는다. 가도 그만, 안 가도 그만인 자리는 안 가는 쪽으로 정리한다. 그러면 내가 꼭 만나고 싶은 사람과 꼭 만나야 할 사람만 남는다.

그뿐인가. 여백이 생기니 이젠 누구를 만날까, 무슨 일을 벌일까 궁리도 한다. 가족이나 친구나 스승을 만나는 것처럼 마음의 에너지를 나누고 증폭시키는 속 깊은 만남을 경험한다. 지금 우리가 진짜로 챙겨야 할 스케줄은 이런 게 아닌가. 나의 삶을 꽉 채운 번잡한 일들을 덜어내야 행복한 일을 도모할 수 있다.

† † †

독수리 요새, 샷엑스드롭, 아틀란티스… 이게 뭘까? 감이 없다면 몇 개 더 들어보자. 후름라이더, 바이킹, 후렌치 레볼루션… 이쯤 되면 감이 오지 않았을까.

서울대공원이나 에버랜드, 또는 롯데월드에 가면 즐길 수 있는 놀이기구, 그중에서도 강도가 높은 것들이다. 나는 이런 기구들을 잘 탄다. 물론 처음엔 회전목마를 타는 수준이었다. 그러다가 조금씩 레벨을 높여 이제는 최고 수준에 이르렀다. 이것도 부족하면 '번지점프'로 가야 하나.

그렇다면 사람들은 왜 공포를 자초하고 비명을 지를까. 왜 비싼 돈을 내고 위험을 감수할까. 스트레스가 풀리기 때문이다. 아찔한 스릴에 나를 옥죄던 온갖 잡념이 순식간에 자취를 감춘다. 몸은 예민하게 감각이 살아나 모든 순간을 실감한다. 이른바 집중과 몰입이 일어난다.

소름이 돋는 팽팽한 긴장의 파도를 넘으면 극적인 해방감이 뒤따른다. 이렇게 오만 가지 생각을 잠시만 정지시켜도 스트레스가 확 달아난다. 하지만 이것은 잠깐의 효과다. 자연스러운 것이 아니다. 중독성이 있고, 거듭 강도를 높이려 한다.

남녀 간의 연애에도 이런 속성이 있다. 뜨거운 갈망과 함께 상대에 대한 집중과 몰입이 일어난다. 오직 그대만 생각하니 다른 잡념이 끼어들 틈이 없다. 격렬한 사랑을 나눴다면 극적인 해방감이 뒤따른다.

놀이기구가 '공포와 해소'의 원리라면 연예는 '절정과 해방'의 원리다. 이것은 자연스러운 것이다. 하지만 이것 역시 잠깐의 효과다. 중독성이 있고 거듭 강도를 높이려 한다. 사랑에 눈멀게 하는 호르몬, 도파민의 시효는 길어야 18~30개월이라지 않은가.

한 번에 한 가지만 하더라도 집중과 중독은 엄연히 다르다. 술이나 담배를 끊는 의지는 집중의 힘이고, 끊지 못하는 것은 중독의 힘이다. 한 잔의 술로 시름을 녹이고, 한 모금의 담배로 슬픔을 날려버릴 수 있다. 그러나 그것은 나를 마비시키고, 중독으로 몰고 간다. 집중은 나를 살리고, 중독은 나를 죽인다.

집중의 힘을 키우기 위해 '한 번에 한 가지'가 아니라 '아무것도 하지 않는 것'을 연습해보자. 아무리 바빠도 짬은 있다. 이럴 때 습관적으로 무엇인가 해야 한다는 강박관념을 버리고, 그냥 아무 생각 없이 있어본다. 우리는 잠을 잘 때 아무것도 하지 않는다. 가장 좋은 잠은 꿈도 꾸지 않는 잠이다. 이렇게 꿈도 꾸지 않고 자고 나면 생명의 기운이 충전된다.

깨어 있을 때도 방법은 같다. 잠을 잘 때처럼 온몸에 힘을 빼고, 생각과 행동을 멈춘다. 시동을 끄거나 기어를 중립에 놓는 것이다. 그러면 평소에 자기가 어디에 힘을 주고 사는지 실감할 수 있다. 머리, 눈, 목, 어깨, 아랫배…. 그곳이 어디든 너무 힘이 들어가 있으면 힘을 빼려고 해도 잘 빠지지 않는다. 그곳은 항상 긴장 상태다. 그래서 막히면 탈이 난다. 힘을 빼야 긴장이 풀리고 생명의 기운이 흐른다. 통하면 안 아프고, 안 통하면 아프다. '통즉불통, 불통즉통通則不痛 不通則痛'이다.

우리는 좀처럼 여유를 용납하지 않는다. 일이 없거나 약속이 없으면 안절부절이다. 틈만 나면 불안하다. 모든 틈을 채워야 직성이 풀린다. 항상 무언가 해야 한다고 생각하고 그 무언가를 찾는다. 그래서 하는 일이라는 게 겨우 TV를 켜고 빈둥거리는 것이다. 아니면 게임에 열중하거나, 잡담을 한다. 남을 헐뜯고, 먹고 마신다. 이것보다는 아무것도 하지 않는 게 훨씬 유익하다. 해석하지 말고, 분석하지 말고, 강물처럼 그냥 흘러가게 하라. 그 강물을 그냥 바라보라.

너무 빽빽하게 그리면 그림을 망친다. 인생도 잘 그리려면 여백이 있어야 한다. 우리는 이미 과도하게 채웠으니 더 채우기보다는 그만 채우는 것이 좋다. 여백을 늘리는 것, 그것 자체가 인생을 잘 그리는 것이다.

† † †

요즘 들어 다림질이 재밌어졌다. 젊었을 때 유난히 싫었던 일 가운데 하나가 다림질이다. '하고 싶은 일, 해야 할 일, 중요한 일이 얼마나 많은데…'

이런 생각을 하면 다리미 손잡이를 잡는 것 자체가 '인생 낭비' 같았다. 다림질을 싫어하고 못하니 군대에서도 고초가 많았다. 그래서 결혼할 때는 이런 다짐까지 받았다.

'다른 건 몰라도 다림질은 안 할 거야!'

그런 다림질이 좋아졌다. 거실에 자리를 잡고 다림판을 펴면 갑자기 마음이 편안해진다. '지금부터는 오로지 다림질만 하면 된다.' 이런 자세로 열심히 다리면 구겨진 옷이 빳빳하게 되살아난다. 잡생각을 떨치니 복잡했던 머릿속도 다시 세팅이 된 기분이다. 남자는 갈수록 여성호르몬 분비가 늘어 여성화되고, 여자는 그 반대라더니 그래서 그런가. 곰곰이 생각해보니 다림질처럼 명상 효과가 있는 일이 몇몇 더 있다.

첫째는 머리 깎기. 이발소나 미용실 의자에 앉으면 왠지 마음이 느긋해진다.

둘째, 장거리 버스 타기. 출장이든 여행이든 몇 시간 달리는 차에 그냥 몸을 맡겨야 하는 상황이 되면 없던 여유도 생긴다.

셋째, 비행기 타기. 장거리 버스 타기보다 효과가 훨씬 강력하다. 이 하늘 위에서 나를 성가시게 할 사람은 없다. 오라 가라 할 사람 없고, 하라 마라 할 사람 없다. 휴대전화도 '아웃'이다. 나는 나를 옥죄는 공사다망한 네트워크에서 잠시 떨어져 홀로된 자유로움을 느낀다.

이런 일들의 공통점은 무엇일까.

첫째, 함부로 움직일 수 없다. 나는 비좁고 불편한 공간에서 오히려 자유를 누린다. 물론 그 반대가 될 수도 있다. '아, 꼼짝할 수 없는 이 자리, 정말 미치겠다!' 하지만 어쩌랴. 이발 가운을 입고 뛰쳐나갈 수는 없지 않은가. 달리는 버스에서, 날아가는 비행기에서 뛰어내릴 수도 없는 노릇 아닌가. 그러니 자유로움과 답답함은 순전히 내 마음에 달려 있다. 마음먹기에 따라 지금 내가 자리한 곳이 탁 트인 벌판이 될 수 있고, 꽉 막힌 감옥이 될 수도 있다.

둘째, 서두른다고 일이 빨리 되지 않는다. 아무리 바빠도 다림질을 하다 말 수는 없다. 어느 한쪽을 빼고 다릴 수도 없다. 머리도 조급하다고 빨리 깎아지지 않는다. 움직이면 더 늦어진다.

셋째, 다른 일을 할 수 없는 상황을 받아들이고 이에 순응한다. 받아들이고 순응하니 심하게 출렁이던 마음의 파도가 잔잔해진다. 나는 한 가지 일에 집중하거나, 아무 생각 없이 앉아 있다. 아니면 졸거나 잔다. 아주 잠깐이지만 분주한 마음을 잡아 가두니 머리가 맑아지고, 몸은 개운해진다.

여백을 늘리는 것,
그것 자체가 인생을 잘 그리는 것이다.

넷째, 결과가 바로 나온다. 과정과 결말 사이의 시차가 짧다. 막연한 미래가 아니라 구체적인 미래를 향해 간다. 그만큼 현재에 충실할 가능성이 높다. 현재에 충실하면 성과도 좋다.

이런 방법을 다른 일상에도 적용해보자. 우선 한 번에 한 가지만 한다. 조급함을 버리고 서둘지 않는다. 일을 순순히 받아들이고 그 일에 집중한다. 일 자체가 목적이다. 그 속에서 즐거움을 찾는다. 다음 일을 하기 위해 이번 일을 빨리 끝내는 게 목적이 아니다. 다음 일은 다음에 한다. 다음 일도 차례가 오면 이번 일이 된다.

'이번엔 이것만!' 나의 일상을 즐겁고 평화롭게 바꾸는 일은 이렇게 간단할 수 있다.

행복한 남자
VS
불행한 남자

여기 두 남자가 있다. 한 남자는 행복한 남자, 또 한 남자는 불행한 남자다.

먼저 행복한 남자. 나이 89세에 싱글이 된 프랑스 할아버지다. 평생의 반려자를 사별한 마음이 짠하지만 사실 호시탐탐 바람을 피우며 살았다. 상처한 이후까지 남은 애인은 넷. 이 '돌싱' 할아버지는 선언한다.

"드디어 나는 자유다!"

그는 16세 때인 1927년 1월 1일부터 평생 일기를 쓴다. 그가 93세의 나이로 세상을 떠나기 바로 이틀 전인 2004년 4월 24일까지 77년간 쓴 일기는 총 60권. 그중 상처한 이후 4년간의 일기가 책으로 엮여 공개됐다. 그런데 정말 애인이 넷이다. 가까운 순서로 첫째 애인은 82세이고, 둘째 애인은 81세, 셋째 애인은 78세, 넷째 애인은 86세이다.

첫째 애인은 50년 이상 오래 사귀었는데 이 할머니가 너무 정열적이다. 그들의 잠자리는 요란하다. 어느 정도냐고? 다음은 그가 죽기 딱 1년 전인 92세에 쓴 야한 일기 한 토막.

"무슨 바람이 불었나? 토요일 저녁부터 오늘 일요일 오후까지 마도와 광적인 날을 보냈다. 부활절이 낀 이 주말 내내 우리는 뭐에 쓴 사람 같다. 이틀째 되는 날 밤, 나는 살과 살이 맞닿지 않게끔 잠옷 차림을 고수하기로 작정했다. 새벽 5시에 눈이 번쩍 뜨였다. 욕정이 일어났다. 마도의 가슴을 움켜쥐니, 가슴이 부풀어 오르는 것 같았고 그래서 참지 못했다. 우리는 두 마리 짐승이었다."

이분의 로맨스 그레이는 청춘이 무색하다. 그의 바람기는 나를 설레게 한다.

'아! 젊게 살면 죽는 날까지 생을 만끽할 수 있구나. 노년의 길도 생의 기쁨이 넘칠 수 있구나.'

늙어 죽기로 결심한 나는 이런 생각에 용기를 얻는다.

아, 참! 이 바람둥이 할아버지 이름이 뭐냐고? 마르셀 마티오. 초등학교 선생님을 오래 했고, 교장직을 거쳐 시의원을 지냈다.

이제 불행한 남자. 47세의 외롭고 궁핍한 사진작가다. 작가라지만 대학도 가지 않고 평생 사진에 미쳐 산 비주류다. 독신이고 애인도 없다. 20년 동안 제주에서 끼니 걱정에다 셋방을 전전하며 사진만 찍었다. 그런데 병에 걸렸다. 병명은 루게릭. 근육이 점점 퇴화하는 병이다. 영화「내 사랑 내 곁에」에서 주인공 역의 김명민이 걸린 병이다. 체중 20킬로그램을 뺀 김명민이 애처로워 보이지만 그래도 그는 행복한 편이다. 사랑하는 사람이 끝까지 그와 함께 있으니까.

5년째 투병 중인 이 사진작가는 이제 셔터를 누를 힘조차 없다. 그는 다가오는 죽음을 속절없이 맞는다. 그는 불행하다. 하지만 불행을 느끼지 않는다. 그는 죽음을 담담하게 받아들인다. "산소 호흡기에 의지하지 않고도 들숨과 날숨이 자유로운 지금이 행복하다"고 말한다.

그뿐일까? 사실 그는 무척 행복했다. 그는 제주의 아름다움을 사진에 담을 때마다 오르가슴을 느꼈다. 그가 경험한 오르가슴은 바람둥이 할아버지가 평생 누린 그것과 비교해 결코 뒤지지 않을 것이다. 그는 고백한다.

"선이 부드럽고 볼륨이 풍만한 오름들은 늘 나를 유혹한다. 유혹에 빠진 나는 이곳을 떠날 수 없다. 달 밝은 밤에도, 폭설이 내려도, 초원으로 오름으로 내달린다. 그럴 때면 나는 오르가슴을 느낀다. 행복감에 가쁜 숨을 몰아쉬며 살아 있음에 감사한다."

"대지의 호흡을 느낀다. 풀꽃 향기에 가슴이 뛴다. 안개의 촉감을 느끼다 보면 숨이 가빠온다. 살아 있다는 기쁨에 감사한다. 불확실한 미래에 대한 걱정도, 끼니 걱정도 사라진다. 곰팡이 피어가는 필름 생각도, 홀로 지내는 외로움도 잊는다. 촉촉이 내 몸속으로 안개가 녹아내린다. 숨이 꽉꽉 막히는 흥분에 가쁜 숨을 몰아쉰다. 자연에 묻혀 지내는 사람만 느낄 수 있는 이 기쁨, 그래서 나는 자연을 떠나지 못한다. 오르가슴을 느끼는 이 순간만큼은 아무것도 부족하지 않다."

오르가슴. 그것은 정신적인 것이다. 감탄이 오르가슴이다. 해방이 오르가슴이다. 그는 대자연의 경이와 황홀경을 놓치지 않았다. 그래서 그는 행복했다. 누구보다도 많은 오르가슴을 만끽했다. 그의 이름은 김영갑이다. 그는 2005년 5월 29일 투병 6년 만에 세상을 떠났다. 나이 48세. 그는 폐교된 초등학교를 임대해 손수 꾸민 사진 갤러리 '두모악'에서 편히 쉬고 있다.

자기야
~
놀자

나는 혼자서 잘 논다. 혼자 잘 놀려면 혼자 노는 게 재미있어야 한다. 혼자 노는 묘미를 알아야 한다.

우선 걷기. 처음에는 나무와 풀과 논다. 그다음에는 바람과 햇살과 논다. 요즘처럼 화창한 봄날엔 바람샤워와 햇빛샤워도 할 수 있다. 이들과 놀다 보면 새소리, 물소리가 다가온다. 나는 눈을 감고 그 소리를 듣는다. 그 소리에 집중하면 다른 소리가 사라진다. 그 소리에 몸과 마음이 응답한다. 그 소리도 사라지면 내 안에 있는 내가 드러난다.

둘째, 자전거 타기. 소설가 김훈 식으로 얘기하면 바퀴를 통해 길과 몸이 하나 됨을 즐긴다. '몸 앞의 길이 몸 안의 길로 흘러 들어왔다가, 몸 뒤의 길로 빠져나갈 때, 바퀴를 굴려서 가는 사람은 몸이 곧 길임을 안다.' 걷는 속도는 시속 5~6킬로미터, 자전거 속도는 시속 15~18킬로미터다. 이 정도로 달리면 나를 스치는 바람과 풍경의 느낌이 달라진다. 여기까지가 여유를 잃지 않는 인간적인 속도다.

자기야~놀자!

외로운 자아는 지금도 나를 부르고 있다.

셋째, 영화 보기. 엉터리 영화만 아니면 두 시간가량 한 가지 일에 집중할 수 있다. 운 좋게 슬픈 영화나 감동적인 영화가 걸리면 실컷 울 수 있다. 어떤 때는 옆 사람 눈치를 보며 운다. 그래도 울고 나면 개운하다. 머릿속에 남아 있는 잡다한 생각과 자잘한 감정의 찌꺼기들이 녹아 나온다. 체면과 격식에 갇히고, 숨 가쁜 경쟁과 공해에 찌든 머릿속 두뇌 회로가 풀린다. 가끔씩 이런 식의 뇌 청소도 필요하다. 흔치 않지만 정말 웃기는 영화를 만나면 엔돌핀까지 솟는다. 엔돌핀이 솟으면 머릿속이 환해진다.

넷째, 절하기. 불교 신자는 아니지만 천천히 호흡을 맞춰가며 절을 한다. 아주 천천히 하면 100배 하는 데 한 시간 정도 걸린다. 눈을 감고 숨을 들이쉴 때 충만한 기운과 기쁨을 느낀다. 숨을 내쉴 때 평화로움을 느낀다. 무릎을 꿇고 몸을 낮출 때는 내 삶의 자세를 가다듬는다. 내가 받들어야 할 것이 무엇인가 생각한다.

다섯째, 음악 듣기. 영화 보기와 같은 효과를 거둘 수 있다. 클래식이 좋지만 그렇다고 한 가지 장르에 집착하지 않는다. 재즈, 팝송, 가요, 가곡 무엇이든 마음을 흔드는 울림이 있으면 훌륭하다. 같은 곡도 마음의 상태에 따라 울림의 색채와 깊이가 달라지니 언제 들어도 새롭다.

여섯째, 책 읽기. 이건 설명이 필요 없겠다. 다만 어려운 책은 피한다. 머리에 담아지지 않고, 마음에도 다가오지 않는 책은 잡지 않는다. 시간도 별로 없는데 어렵고 재미없는 책과 씨름하며 머리를 복잡하게 하는 것은 좋은 방법이 아니다. 편하고 쉽고 감동적인 책도 많다. 정보와 지식보다 감동이 결핍된 시대 아닌가.

이 여섯 가지를 갖고 휴일 하루는 놀아보자. 아침에 일어나 한두 시간 산책을 하고 돌아와 한두 시간 책을 읽는다. 점심을 먹고 한두 시간 자전거를 타고 두세 시간 영화를 본다. 저녁이 되면 한두 시간 음악을 듣고, 자기 전에 한 시간가량 절을 한다. 이렇게 하면 하루 종일 혼자서 재미있게 놀 수 있다. 놀 게 너무 많아 마음이 바쁠 정도이면 한두 가지를 뺀다.

진짜 중요한 것은 어떤 방식으로 놀든 노는 데 집중하고, 내 안에 있는 내가 기뻐해야 한다는 것이다. 혼자 노는 것은 사실 음악과 영화와 책 등과 노는 게 아니라 나의 자아와 노는 것이다. 내 안의 나는 외롭다. 우리는 내가 아닌 다른 것, 화려한 것, 자극적인 것에 홀려 자아를 돌아보지 않는다. 하지만 자아를 외면하고 사랑하지 않으면 다른 것도 사랑할 수 없다.

"자기야~ 놀자!" 외로운 자아는 지금도 나를 부르고 있다.

개미는 행복하고,
베짱이는

불행했다고?

자기가 좋아하는 일을 하는 사람은 행복할 것이다. 그는 일을 놀이처럼 할 것이다. 일이 놀이고, 놀이가 일일 것이다. 일하는 과정이 결과보다 중요할 것이다. 일하는 게 좋으니 일인지 놀이인지 구별하고, 잘했니 못했니 따지지 않을 것이다.

하지만 나는 아니다. 나에게 일은 일이고, 놀이는 놀이다. 즉 일과 놀이는 분리됐다. 일에서는 결과가 중요하고, 놀이에서는 재미가 중요하다. 어쨌든 일할 때 열심히 일하고, 놀 때 열심히 논다면 그것도 괜찮아 보인다. 거기에도 집중과 몰입의 기쁨이 있으니까.

그런데 솔직히 그것도 아니다. 일할 때 열심히 일하지 않고, 놀 때 열심히 놀지 않는다. 일은 하는 둥 마는 둥, 놀이는 노는 둥 마는 둥 한다. 일할 때 노는 것을 생각하고, 놀 때 일하는 것을 생각한다. 일과 놀이의 충돌이다. 그래도 이 정도면 양반이다. 더 안 좋은 경우도 있다. 일하고 싶은데 할 일이 없는 사람, 놀고 싶은데 놀 시간이 없는 사람, 이런 사람은 불행하다. 일과 놀이의 실종이다. 할 일이 있는데 일하기 싫어 놀기만 하는 사람, 놀 시간이 있는데 놀 줄 몰라 일만 하는 사람도 불행하다.

이런 문제를 학교에서는 어떻게 풀라고 가르쳤던가?

개미와 베짱이의 동화를 보자. 개미는 일만 하고, 베짱이는 놀기만 한다. 그래서 한겨울에 팔자가 엇갈린다. 개미는 부자가 되어 여유를 즐기고, 베짱이는 빈털터리 노숙자가 되어 추운 거리를 헤맨다. 오래전 초등학교 때 이렇게 배웠는데 지금 보니 영 아닌 것 같다.

우선 일과 놀이의 이분법이 못마땅하다. 일과 놀이는 하나로 섞는 게 가장 좋다. 일과 놀이를 둘로 나눠 일하면 좋고, 놀면 나쁘다는 식으로 가르쳐서는 곤란하다. 일부터 하고 놀라는 것도 틀렸다. 일하면서 놀고, 놀면서 일하는 게 훨씬 좋은데 왜 순서를 정하나.

둘째, 미래에 대한 두려움을 심어주는 것은 잘못이다. 지금 일하지 않으면 나중에 '개고생'한다고 겁을 주는 것은 온당치 않다. 공부하지 않으면, 성적이 좋지 않으면 인생의 패자가 된다고 겁주는 것도 부당하다.

셋째, 일과 공부에 매달려 놀지 못하면 자기가 뭘 좋아하는지 모르게 된다. 일터가 요구하는 조건을 갖추는 데 정신이 팔려 자기 색깔을 찾지 못한다. 개성의 상실이다. 자기가 좋아하는 일을 해야 행복한데 뭘 좋아하는지 모르니 행복할 수가 없다. 그저 세상이 원하는 대로 이리저리 흘러 다닐 수밖에 없다. 돈 따라, 유행 따라 우르르 몰려다니며 박 터지게 경쟁할 수밖에 없다.

하지만 세상이 원하는 인재가 된들, 치열한 경쟁에서 이겨 큰 성공을 거둗들, 화려한 스타가 되어 최고의 인기를 누린들 내가 좋아하는 일을 하는 게 아니라면 무슨 소용인가.

진정 좋아하는 일은 놀이가 되고, 놀이에 빠지면 놀이를 잊는다. 그런데 어려서부터 놀이를 뒷전으로 물리고 하염없이 일과 공부에 매달리다 보니 대부분 일을 싫어한다. 일은 삶의 의무일 뿐이다. 성적에 맞춘 전공이 일이고, 요행히 합격한 곳이 일터다. 그곳에서 5일 일하고 2일 논다. 1년 일하고 1주일 논다.

하지만 잘 노는 법을 모른다. 노는 것도 일처럼 스케줄을 잡고 경쟁하듯 바쁘게 논다. 놀려고 힘을 잔뜩 주니 잘 놀아지지 않는다. 그냥 놀아야 하는데 놀이의 효과와 성과를 따진다. 개미의 비애다. 개미는 서글프다. 베짱이만 서글픈 게 아니다. 일에 중독된 개미는 행복할 수 없다.

그러니 개미들도 노는 연습을 하자. 일과 놀이를 섞도록 하자. 그게 어렵다고? 어려울 것이다. 그렇다면 차선책! 틈만 나면 놀자.

기러기 아빠의 여름

휴가

지금 숨 쉬고 있는 이 순간순간이 평화롭고 행복하다면 그 공력을 어찌 다 헤아리리오. 진정 행복한 나는 과거와 미래에 없고 오직 현재에만 있다는 깨우침이 그냥 얻어지는 것은 아닐 것이다. 나는 그것에 털끝만큼도 미치지 못하지만 어느 순간이 얼마나 행복한지 가늠할 수는 있다.

그중 하나가 10여 년 전 멕시코의 유명 휴양지 아카풀코에서였다. 한 겨울 뉴욕에서 차로 열흘을 달려 멕시코 서남부 해안의 아카풀코에 도착했을 때 그곳은 한여름이었다. 나는 그곳 바닷가에 누워 온종일 해가 동쪽에서 올라 머리 위에서 작렬하고 저녁노을 속으로 잦아드는 모습을 무심히 바라보았다.

'아! 지금이 내 생애 가장 행복한 순간이다.'

그때 분명하게 느꼈던 것이 바로 이런 것이고, 지금 생각해도 그것은 틀림없는 사실이다.

당시 네 살배기였던 아들이 올 여름휴가로 필리핀 보라카이라는 섬에 가고 싶다고 했을 때 나는 다시 마음이 설렜다. 그림 같은 바다에서 오로지 물과 놀고, 파도와 어울리고, 햇살을 흠뻑 받아들인다는 것은 얼마나 신나는 일인가. 그것이 바로 지금 이 순간에 몰입해 행복의 나라로 들어가는 비밀의 열쇠가 아니던가. 이런 것을 갈망하는 유전적 코드가 아들에게도 있었나 보다. 그렇지 않다면 여행사 신문광고란에 빽빽하게 나열된 수많은 해외 여행지 중에서 '적도의 바다'를 영순위로 꼽았겠는가.

남들 못하는 '화려한 휴가'를 자꾸 떠들어대니 스트레스를 받는 분들이 있을 것 같다. 그래서 좀 더 변명을 늘어놓자면 아들과 단둘이 하기로 한 이번 휴가는 다음의 세 가지 이유 때문에 감행하지 않을 수 없었다.

첫째, 아들이 이번 기말 시험에서 처음으로 10등을 했다. 반에서 10등 안에 들면 해외여행을 같이하겠다는 오래된 약속을 나로서는 지켜야 했다. 물론 아들이 10등 안에 꼭 들어야 할 이유는 없다. 하지만 어떤 목표를 세우고 노력해서 그것을 이루는 성취감이 어떤 것인지 한 번쯤 경험할 때가 됐다고 생각했다.

둘째, 아들에게 행복의 좌표를 하나 심어주고 싶었다. 살아가면서 행복이 어떤 것인지 헷갈릴 때마다 번쩍 떠오르는 것이 '보라카이의 추억'이라면 그것은 얼마나 소중한 것인가.

셋째, 비행기를 타보고 싶다는 소망을 들어주고 싶었다. 아들은 아주 어렸을 때 비행기를 몇 번 타보았지만 그의 기억에는 없는 일이다.

그렇다면 왜 단둘인가. 내가 진짜로 하고 싶은 얘기는 사실 이 부분이다. 엄마가 빠진 데는 다른 사정도 있지만 나로서는 무엇보다 아들의 마음을 온전히 사로잡을 수 있는 '밀월여행'을 하고 싶었던 것이다.

"밖에 나가서 돈만 벌어다 주고 자녀 양육 및 교육 문제는 전적으로 엄마에게 맡긴다면, 그것이 기러기 아빠가 아니고 뭐란 말인가? '해외별거형' 기러기 아빠만 있는 것이 아니라 '국내동거형' 기러기 아빠도 있는 것이다."

초등학교 3학년짜리 아들과 54일간 미국과 유럽 여행을 결행한 김세걸 교수서강대 공공정책대학원가 "자신도 기러기 아빠"라면서 밝힌 여행 동기다. 그는 어떤 여행이든 가능한 한 아이와 아빠 단둘이 떠나라고 권한다. 그래야만 아빠는 아이에 대해 강한 책임감을 느끼고, 아이는 아빠에게 절대적으로 의존해야 하는 상황에서 아빠를 따르면서 아빠의 가치관과 세계관을 자연스럽게 받아들일 것이기 때문이란다.

> "여행을 하면서 난 우리 시대의 젊은 엄마 아빠들이 아이를 어떻게 키워왔는지, 우리의 아이들이 어떻게 크고 있는지를 보게 되었다. 안에서는 잘 안 보이던 것이 밖에 나가니깐 선명하게 보이기 시작한 것이다. 부끄러운 얘기지만, 우리 집 아이가 너무 버릇이 나쁘다는 것, 자기가 할 일을 스스로 할 줄 모른다는 것, 전혀 남을 배려할 줄 모른다는 것, 공부는 열심히 해야 한다고 생각하면서도 왜 공부해야 하는지는 모른다는 것, 나중에 잘살기 위해서는 명문대학에 가야 한다고 생각하면서도 사회를 위해 훌륭한 일을 해야겠다는 생각은 전혀 없다는 것 등을 발견하였다. 너무나 충격적이었다."
>
> 김세걸, 『아들과 함께한 특별한 여행』

진정 행복한 나는 과거와 미래에만 없고
오직 현재에만 있었다
지금이 내 생애에 가장 행복한 순간이다

그의 권유대로 나는 며칠 뒤 아들과 보라카이 해변을 거닐고 있을 것이다. 그것이 나의 '아카풀코 추억'처럼 그에게 행복의 좌표로 남기 바란다. 그것은 아마 방학 중 영어단어 수백 개를 외우는 것보다, 수학 공식 수십 개를 이해하는 것보다 훨씬 소중할 것이다. 학교와 학원, 영어와 수학에 매인 이 땅의 아이들에게 정작 부족한 것은 '배움'이 아니라 '깨우침' 아니겠는가. 몸과 마음을 열고 행복을 느끼는 일이 아니겠는가.

나에게
없는

것

이제 중학교에 들어가는 아들은 혼자 있는 시간이 많다. 어떻게든 같이 있는 시간을 만들어보려고 하지만 잘되지 않는다. 따지고 보면 그 노력이란 것도 변변치 않다. 언제나 일이 맨 앞이고, 아들은 그다음이기 때문이다. 그래서 마음 한편이 늘 찜찜하다. 모처럼 같이 있어도 같이할 게 별로 없다. 아들은 이미 다른 세상을 갖고 있는 것이다.

매일 아침 7시. 나는 아들을 깨우느라 '작은 전쟁'을 치른다. 그렇게라도 깨워야 출근 전에 하루 10여 분 얼굴을 볼 수 있다. 그렇지 않으면 주중 내내 서로 숨바꼭질하듯 겉돌기 십상이다. 주말에도 아들은 친구나 컴퓨터와 노는 것을 더 좋아한다. 아들이 클수록 일상에서의 만남은 더욱더 줄어들 것이다. 어른들이 걱정하는 것과 달리 애들은 스스로 큰다고 자신을 위로해본다.

나에게 없는 것, 그건 시간과 돈이다. 없는 돈을 벌기 위해 시간을 다 쏟아붓다 보니 아들과 함께할 시간까지 없게 됐다. 돈이 많아 시간을 남길 수 있으면 행복할 것 같다. 둘 중 하나만 있어도 절름발이다. 돈은 있는데 시간이 없으면 행복할 틈이 없다. 시간은 있는데 돈이 없으면 즐길 여유가 없다. 시간과 돈 그리고 행복의 이 난해한 삼각함수. 이걸 어떻게 풀어야 하나. 누구나 알고 있는 답은 다음과 같다.

> 첫째, 무조건 열심히 일하고 머리를 잘 굴려 돈을 번다. 이와 더불어 성공하고, 인정받고, 자아실현도 한다면 최상이다.
>
> 둘째, 시간은 양이 정해져 있으니 질을 높인다. '새벽형 인간'으로 변신하고, 철저한 '시테크'에 들어간다. 시테크가 미흡하면 분테크, 초테크로 강화한다. 한마디로 '슈퍼맨'이 된다.
>
> 셋째, 아들에게도 같은 룰을 가르친다.

하지만 이렇게 해서 슈퍼맨이 되는 사람은 몇이나 될까. 또 그중 행복한 사람은 몇일까. 우리는 한 줌의 승자를 위해 나머지 전부를 패자로 만드는 무한 서바이벌 게임을 하고 있는 것은 아닌가. 만약 그렇다면 이 비정한 게임 속에는 행복이 없다. 돈과 시간을 행복방정식으로 엮어버린 이 시대의 생존논리에서 빠져나와야 답이 보인다.

아들과 지금 시간을 같이하지 않으면 나중에 그것을 벌충할 수 없다. 여행도, 휴가도, 건강도, 취미도 모두 뒤로 미루면서 "돈! 돈!" 하다가는 더 귀중한 것을 잃는다. 일상에서 벗어나는 짜릿한 일탈은 평생소원일 뿐이다. 자신을 챙기고 가꿀 틈도 없이 죽을 때까지 시간에 쫓기다가 게임은 끝난다. 돈이 많아진다고 시간까지 펑펑 남아돌게 된다는 보장도 없다. 혹시 돈과 시간이 남아도 누릴 줄 모르면 아무 소용이 없다.

두 손에 잔뜩 돈과 성공을 움켜쥐려 하면 행복을 잡을 수 없다. 한 손을 놓아야 빈손이 생긴다. 어제에 매이거나 내일에 사로잡혀 오늘을 망치는 욕망의 함정에서 벗어날 때 자유로워진다.

그런데 우리는 그걸 못한다. 제각각 욕망을 극대화하기 위해 판시장을 벌리고 '돈 놓고투자 돈 먹기수익' 식으로 한판 붙어보자는 것이 세계 자본주의의 핵심 원리다. 하지만 욕심이 과하면 나는 없고 욕심만 남는다. 통제할 수 없는 욕심이 나를 삼키는 것이다. 그래서 나에게 없는 것, 그건 '나'다.

하고 싶은 일은
지금

당장 하라

밤 9시쯤 집에 들어가다 보면 길 건너편 고등학교에서 학생들이 밀려 나온다. 새벽부터 야밤까지 이어진 고단한 공부가 이제 끝난 모양이다. 하지만 그게 끝이 아니다. 대형 학원버스들이 정문 앞에 도열해 있다가 나오는 학생들을 모조리 낚아채는 것이다. 그 시간에 학원으로 실려 간 학생들은 몇 시쯤 집에 올까.

중학교 2학년인 아들도 슬금슬금 학교와 학원에서 머무는 시간이 늘어나는 게 심상치 않다. 얼마 전 시험 때는 며칠을 새벽 2~3시까지 공부했는데 모르고 잠든 내가 미안할 정도다. 도대체 무얼 그리 가르칠 게 많기에 학생들을 저리 들볶나. 나도 지긋지긋한 입시지옥을 뚫고 지나왔는데 그게 대물림이 되어서 또 아이들을 잡고 있다.

하지만 학창시절 그렇게 공부해서 나에게 남은 것은 무엇인가. 사실 남은 것은 별로 없다. 기억나는 것은 '신나는 공부는 하나도 없었다'는 것과 그 숨 막히는 공부를 피해 감행한 신나는 '딴짓' 몇 가지뿐이다. 그러니 그때 조금 더 문제아가 되더라도 '엉뚱한 짓' 몇 가지를 더했더라면 나의 학창 시절이 조금이나마 더 풍성해졌을 텐데….

> "지금 인문계 고등학교 교실은 대학을 향해 잠시도 긴장을 놓지 않고 총력을 다해 경주하고 있는 것이 아니라 학생들은 졸음과의 전쟁을 벌이고 있고, 교사들은 아이들의 잠을 깨워가며 수업 분위기를 조성하려고 실랑이를 벌이고 있습니다. … 어떤 때는 잠자고 있는 학생들을 망연히 바라보며 내가 어떤 죄를 짓고 있는 것이 아닌가 자신을 돌아보기도 합니다."

한 고등학교 선생님이 인터넷에 올린 글 수업시간 잠만 자는 학생에게도 꿈은 자란다의 한 대목이다. 선생님들도 광적인 입시교육의 피해자라는 생각이 스친다.

돌이켜보면 학교에서 확실히 배우고 몸에 익힌 것은 두 가지다. 하나는 인생은 성적순이고, 숨 가쁜 경쟁의 연속이라는 것이다. 또 하나는 내가 하고 싶은 것을 뒤로 미루고, 하기 싫은 것을 꾸역꾸역 해내는 능력이다. 그걸 얼마나 뼈저리게 배웠기에 우리는 평생 훗날을 기약하며 산다. 하고 싶은 일보다 해야 할 일이 항상 우선이다. 고등학교 때는 어떻게든 대학에 들어간 다음 자유를 만끽하겠다고 꿈꾼다. 그러나 막상 대학에 들어가면 좋은 직장을 위해 자유의 꿈을 접고 또 성적에 매달린다. 그래서 좋은 직장에 들어가면 돈 벌고 성공하는 일에 매여 다른 모든 것을 희생한다. 맹목적으로 일에 모든 것을 거는 사람도 있고, 일 없이는 못 살 정도로 일에 중독되는 사람도 있다.

일 년에 일에서 풀려나는 기간은 일주일가량, 여름휴가 단 한 차례뿐인데 그것도 줄이거나 반납한다. 온전하게 휴가를 쓰는 사람조차 휴가지에서 일을 생각한다. 아니면 맹렬하게 휴가 행사를 치른다. 그러면서 나중에 돈을 벌면 전원에 집을 짓고, 자유롭게 여행을 다니겠다고 꿈꾼다. 언제나 그 꿈은 내일, 또 내일이다. 설령 전원에 집을 지어도 마음은 그곳에 없을 것이다. 아마 죽을 때도 여한이 많을 것이다. 하고 싶은 것은 언제나 내일로 미루며 살았으니 하나도 즐긴 게 없는 것이다. 그러니 하고 싶은 일이 있다면 지금 당장 하라. 우리의 아이들에게도 해야 할 일보다 하고 싶은 일을 먼저 하게 하라.

웃자,
아니면

울자

혹시 이런 적이 있는가. 차를 멈추고 파란 신호를 기다리는데 갑자기 바퀴가 슬슬 뒤로 굴러가는 것 같다. 깜짝 놀라 브레이크를 밟으려니 이미 잘 밟고 있다. 그런데도 차는 계속 뒤로 간다. '큰일 났다'며 주위를 살피는데 바로 옆 차가 슬금슬금 앞으로 가고 있는 게 아닌가. 그제서야 내 눈이 속은 것을 알고, 놀란 마음을 가라앉힌다. 아마 비슷한 경험을 한 분들이 있을 것이다.

그렇다면 이런 적은 있는가. 남들은 모두 3D용 입체안경을 끼고, 특수 진동의자에 앉아서 우주를 곡예비행 하고 있다. 다들 환호와 비명을 지른다. 그런데 나만 맨 의자에서 맨눈으로 우주 비행 화면을 본다. 그야말로 아무것도 아닌 싱거운 장면인데도 난리법석이다. 우습기도 하고, 나만 즐기지 못하는 소외감에 떨떠름하기도 하다.

그리고 보면 눈과 귀를 속이는 일은 생각보다 쉽다. 제자리에서 한 발짝도 움직이지 않으면서 우주를 휘젓는 전율을 맛볼 수 있다. 사실 속는 것은 눈과 귀가 아니다. 눈은 보이는 대로 보고, 귀는 들리는 대로 듣는다. 감각은 느낀 대로 전할 뿐이다. 속는 것은 뇌다. 컴퓨터는 속지 않지만 뇌는 속는다. 그걸 이용한 치료법이 '플라시보 효과'이고, 그걸 이용한 첨단기술이 '가상현실'이다. 요즘 유행한다는 '스크린 골프'도 가상현실 아닌가.

> "뇌는 그것이 사실인지 아닌지에는 별 관심이 없다. 당신이 그것을 어떻게 해석하는지에만 관심이 있을 뿐이다. 당신이 지난날을 '시간낭비'라고 해석하면, 뇌는 관련된 기억에 '시간낭비'라는 이름표를 달아 기억 저장소에 보관한다. 객관적인 진실이야 어찌되었든, 당신의 세계에서는 그것이 진실이 되는 것이다."
>
> 이승헌, 『뇌파진동』

뇌를 속이는 일은 우리 일상에서도 쉽게 활용할 수 있다. 뇌를 속여 즐겁고 행복할 수 있다는데 그걸 왜 마다하겠는가.

첫째, 웃기. 웃으면 머리가 환해진다. 스트레스가 확 풀린다. 큰소리로 웃으면 가슴에 고인 탁기가 밖으로 나온다. 배꼽을 잡고 웃으면 장에 쌓인 독기가 풀리고, 온몸의 실핏줄까지 일시에 길이 트여 산소가 퍼진다. 웃기는 가장 강력한 유산소운동이다. 그러니 웃길 때는 무조건 웃는다. 웃기는 일이 없으면 그냥 웃는다. 그냥 웃으면 뇌는 웃기는 일이 있는 줄 알고 엔돌핀을 쏟아낸다.

"웃음의 이유를 찾지 말자. 웃음은 이해할 필요가 없는 것이다. 어린아이들처럼 이유 없이 웃어보라. 알 수 없는 행복감이 밀려올 것이다."

이임선 한국웃음임상치료센터 대표 강사의 말이다. 서울대병원의 간호사인 그는 "우리는 웃음의 양이 절대적으로 부족한 시대에 살고 있다"며 "하루에 얼마나 많이 웃는지 다이어트 일기를 쓰듯 상세히 적어보라"고 권한다. 그에 따르면 웃거나 즐거운 상태에서는 체액성 면역력이 증가해 바이러스나 암세포를 쉽게 공격할 수 있다. 같은 말기 암이라도 웃는 환자는 치유되고, 우는 환자는 치유되지 못한다.

5초간 박장대소하면 100미터를 전속력으로 달린 효과가 있다고 한다. 5분의 웃음은 3시간의 스트레칭 효과가 있다고 한다. 정말 그럴까? 실제로 해보면 그렇다는 걸 알 수 있다. 그러니 지금 당장 무조건 웃을 일이다.

둘째, 울기. 실컷 울면 속이 풀린다. 뇌의 겉 부분대뇌피질이 아니라 속 부분대뇌변연계이 풀린다. 메마른 감정이 녹는다. 감정의 찌꺼기가 쓸려 나온다. 마음의 검은 구름이 가신다. 그러니 슬플 때는 참지 말고 울자.

슬픈 일이 없으면 어떻게 할까. 그냥 웃는 건 혼자서도 할 만한데 그냥 우는 것은 아무래도 내키지 않는다. 그러니 슬픈 드라마나 영화를 본다. 슬픈 소설을 읽는다. 슬픈 기사에도 운다. 이때 흘리는 눈물은 쓴 눈물이 아니다. 측은지심이 작동하는 따뜻한 눈물이다. 사랑의 눈물이다.

암 치료 권위자인 이병욱 박사는 "눈물은 신이 내린 자연치유제, 하나님이 주신 천연항암제"라며 "가장 정직하게 눈물을 흘리는 시간이 꼭 필요하다"고 말한다. 그리고 "울 때는 모든 것을 토해내듯이 울라"고 조언한다. 오래, 세게, 길게, 크게 울라는 것. 그는 "횡격막이 떨릴 정도로 감정을 다 실어서 제대로 울어야 치료효과가 크다"고 설명한다. 그에 따르면 눈물을 흘리면 면역 글로불린G 같은 항체가 두 배 이상 늘어 암세포를 억제하거나 줄인다. 소화기도 원활하게 작동시킨다. 부드러운 눈물이 단단한 상처와 굳은 마음을 이긴다.

이 박사는 "모든 긴장과 억압, 감정과 체면을 풀어놓은 채 마음껏 흘리는 눈물이 어린아이와 같은 마음과 영혼으로 되돌아가는 길을 알려준다"고 강조한다.

셋째, 감동하기. 장엄한 대자연 앞에 서면 자신도 모르게 탄성을 지르게된다. 바로 그 순간 우리는 모든 시름을 내려놓는다. 감동의 전율이 퍼지는동안 우리는 다른 상념에 빠지지 않는다. 감동하면 무표정한 얼굴, 핏발 선눈, 굳은 표정이 사라진다. 뇌 회로가 세상과 우주를 향해 열린다. 벅찬 감동에 나는 충만하다. 그러니 작은 일에도 최대한 감동할 일이다. 아침 햇살에도, 저녁노을에도, 밤하늘의 별빛에도 감동할 일이다. 나에게 호의를 베푸는 모든 사람들에게 감동할 일이다. 오늘도 지구가 무사히 돌아 해가 뜨고 지는 것에 감동할 일이다.

넷째, 편하다고 생각하기. 편하려면 천천히 호흡해야 한다. 몸에 힘을 빼야 한다. 힘주고 편할 수 없다. '우주를 날아간다, 구름 위를 걷는다'고 상상해본다. 누구도 구름 위를 걸어본 적이 없다. 그러나 뇌는 그 느낌을 만들 수있다. 그렇게 생각하면 그런 느낌이 온다. 편하고 행복해진다.

울고 웃고, 감동하는 데서 우리가 깨달아야 하는 것은 욕망과 편견, 스트레스에 갇힌 우리 자신이다. 스트레스는 독이다. 그 독을 날려버리는 웃음, 그 독을 녹이는 울음은 약이다. 우리는 수시로 몸을 씻고 집 안을 청소하는 것처럼 마음과 머릿속도 주기적으로 씻어내고 청소해야 한다. 수시로 리세팅하고 나쁜 에너지를 환기시켜야 한다. 환기하는 요령은 이미 설명했다. 울고 웃고 감동하는 것이다. 그것도 자꾸 해야 행복 에너지를 순환시킬 수 있다. 그래야 우울한 습관이 바뀐다.

이론이 너무 길다고? 맞다. 그냥 울고, 그냥 웃어라. 나의 심금을 울리고, 웃기면서 나를 잊어라. 무아의 눈물과 웃음을 즐겨라. 웃으면 무아가 된다. 울면 나의 착한 본성과 만난다. 감동하면 세상과 공명한다.

웃음의 이유를 찾지 말자.

웃음은 이해할 필요가 없는 것이다.

어린아이들처럼 이유 없이 웃어 보라.

알 수 없는 행복감이 밀려올 것이다.

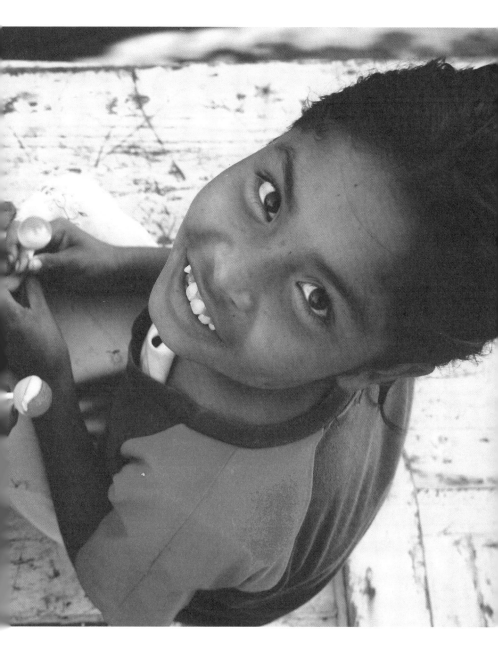

봄은 내 곁에,
행복은

내 안에 있다

아름다운 봄날을 만끽하는 데 나들이만 한 게 있을까. 봄볕 내리는 섬진강 강변을 달리거나 보성 차밭을 걸어보라. 대관령 양떼목장의 언덕에 올라 바람샤워를 해보라. 아니면 가평 남이섬이나 봉평 허브나라 같은 곳에서 한가하게 거닐어보라. 달리 더 바랄 게 있겠는가. 계절의 변화에 무딘 사람이라도 천지에 만연한 봄기운을 진하게 실감할 것이다. 그러니 너무 바빠서 봄이 어떻게 가는지 모르겠다고 마냥 푸념하지 말고, 어떻게든 틈을 내 밖으로 나가보라. 그래야 내 몸에 겹겹이 쌓인 스트레스를 조금이라도 덜어낼 수 있지 않겠는가.

그걸 누군 몰라서 가만히 있나. 배부른 소리에 짜증이 나는 분들도 있을 것이다. 집사람과 아이들이 조르는 눈치에 숨을 죽이고 있는데 공연히 부추기는 말들이 달가울 리 없다. 그래도 이 봄이 다 가기 전에 정말 큰맘 먹고 하루를 비운다. 이른 아침부터 서둘러 식구들을 데리고 어디든 가려는데 절차가 복잡하다. 평소 안 하던 일을 하려니 거치적거리는 게 많고 챙길 것도 많다. 집 밖을 나서니 길마다 차가 밀리고, 공원이든 산이든 강이든 사람이 넘친다.

봄날을 즐기는 것도 선착순이다. 노는 것도 경쟁력이 있어야 논다. 쉬는 것도 부지런해야 쉴 수 있다. 그 번거로움에 애써 챙긴 봄날이 반갑지 않다. 반드시 봄을 즐겨야 한다는 본전 생각에 몸과 마음이 짓눌려 봄을 누릴 여유가 사라진다.

비단 봄나들이만 그럴까. 한여름에 해수욕장을 가도, 깊은 가을에 단풍 구경을 가도 온통 북새통에 정신이 쏙 빠져 푸른 바다도, 만산홍엽도 눈에 들어오지 않는다. 이런 일을 몇 차례 겪다 보면 어디로든 움직이는 게 귀찮기만 하다. 차라리 집에서 낮잠이나 자지!

그래 맞다. 집도 좋다. 섬진강과 대관령만 봄인가. 집 안으로 쏟아지는 햇살도 봄이고, 한 자락 바람도 봄이다. 그 햇살과 바람을 느끼며 낮잠을 청하고, 기지개를 켜보라. 시간이 남으면 동네를 한 바퀴 돌아보라. 출근길에 상큼한 아침 기운을 들이마시고, 퇴근길에 달콤한 저녁 공기를 맛보라. 점심을 먹으러 나갈 때도 그 순간의 봄을 즐기고, 단 10분이라도 시간이 나면 회사 주변을 어슬렁거려보라. 이렇게 하는 데 돈 들지 않으니 본전 따질 것도 없다. 물론 특별히 준비할 것도 없다. 그러니 마음을 열고 틈틈이 챙긴 봄은 고스란히 나의 몫이다.

이런 식으로 작전을 바꾸니 어디 먼 곳에 놀러갈 일이 없다. 언제부터인가 반경 한 시간 이내의 동네와 회사만 오락가락한다. 나도 나이가 들면서 슬금슬금 제자리에 안주하나 보다. 하지만 올해도 여행은 불발이라며 낙담

하지 않는다. 여행이야 항상 가고 싶지만 못 가면 또 어떠한가. 개나리 진 달래 벚꽃 같은 봄꽃이야 지천에 있고, 가을 단풍 또한 북한산, 청계산, 관악산 어디든 아름답다. 쫓기듯 설악을 다녀오는 것보다 가까이서 넉넉하게 즐기는 소풍이 더 좋다.

지금 이 순간, 이 자리에서도 충분히 행복할 수 있다. 아니 지금 이 순간, 이 자리에서 행복할 수 없다면 다른 순간, 다른 자리에서도 행복할 수 없을 것이다. 아마 그때도 더 좋은 순간, 더 좋은 자리를 꿈꾸며 자신의 처지를 탓하고 있을 것이다.

'행복은 가까이 있다.'

뒤늦게 그걸 깨달았는데 지금 보니 행복은 멀리도, 가까이도 아닌 바로 내 안에 있다. 내 안에서 행복을 찾지 못하면 어디에서도 행복할 수 없다.

비가 내리면
비를

맞아라

왜 사는지 도무지 답이 나오지 않을 때는 억지로 답을 찾지 말자. 어둠에 갇힌 내 안을 아무리 들여다봐도 길이 보일 리 없다. 차라리 나보다 더 갑갑한 곳에 있는 다른 사람들을 보자. 그곳에서 싹을 틔우고 꽃을 피운 아름다운 사람들을 보자. 최근 이런 몇 분이 나에게 큰 감동을 주었다. 우울하고 무기력할 때 나는 이분들을 떠올리기로 했다. 그들은 삶이 무엇인지 온 몸으로, 깊은 울림으로 가르쳐준 스승들이다.

먼저, 하반신이 마비된 체조 선수. 그는 18세 생일을 이틀 앞둔 1983년 7월 4일, 체조 연습을 하다 잘못 떨어져 가슴 아래가 마비되는 중증 장애인이 된다. 올림픽에 걸었던 그의 꿈은 무너진다. 그는 병원 침대에서 꼼짝 못하고 석 달을 누워 지낸다. 깊은 어둠 속을 헤매기를 1년, 마침내 그는 장애인의 삶을 받아들인다. 그러자 눈물이 쏟아지고 가슴이 뚫린다. 마음 깊은 곳에서 기도가 우러나온다.

그는 이제 다른 꿈을 향해 일어선다. 자신과 같은 처지에 있는 사람들을 돕는 재활의학 의사가 되기로 결심한다. 거기에서 자기가 왜 살아야 하는지, 삶의 의미를 발견한다. 그는 사고가 난 지 딱 10년 만에 다트머스 의대에 합격한다. 그 대학과 하버드 의대 인턴을 수석 졸업한 후 세계 최고라는 존스홉킨스 대학 병원의 재활의학 수석전문의가 된다. 이 대학에서 '슈퍼맨 의사'로 통하는 그는 한국인 이승복이다. 그는 말한다.

> "수많은 고통이 있었지만 내 희망을 꺾지는 못했다. 나에게 육신의 장애는 아무것도 아니다. '할 수 없다'는 마음의 장애가 더 무섭다. 나는 사고로 많은 것을 잃었다. 하지만 그 이상의 것을 얻었다. 사고가 나지 않았다면 나는 의사가 되지 못했을 것이다. 나에게 사고 전과 지금의 삶 중 하나를 고르라고 하면 장애인으로 살아가는 지금을 선택할 것이다. 현실을 받아들이기로 결심한 이후 나는 장애를 축복이라고 여긴다."
>
> 이승복·김세진·이상묵 외 지음, 『나는 멋지고 아름답다』

두 번째, 두 팔을 절단한 전기 기사. 그는 29세이던 1984년 어느 가을 날, 전기 안전점검을 하다 고압 전기에 감전된다. 갑자기 두 팔이 전선에 척 들러붙으며 몸 안으로 불덩이가 들어온다. 나중에 눈을 떠 보니 양손이 없다. 까맣게 타버린 두 팔은 이미 잘려 나갔다. 이제 그는 걷는 것 말고는 혼자 할 수 있는 게 없다. 옷도 다른 사람이 입혀주어야 하고, 밥도 먹여줘야 한다. 세수도, 용변도 남의 도움을 받아야 한다.

그런 그가 절망의 끝에서 찾은 길은 그림이다. 그는 평생 미술 시간 외에는 한 번도 그림을 그려본 적이 없는 사람이다. 하지만 어느 날 네 살 된 둘째 아들이 그림을 그려달라고 보챈다. 그는 의수에 볼펜을 끼고 동화책에 나온 새를 그려준다. 그런데 아들이 그 그림을 무척 좋아한다. 사고를 당하고 4년 동안 아무 희망 없이 살던 그는 여기서 자기 길을 본다. 미술 학원을 찾아다니다가 받아주는 곳이 없으니 서예학원을 찾아간다. 여기서 어느 정도 배우고는 또 다른 스승을 찾아간다. 수묵 크로키라는 새 장르를 개척한 그는 한국 제1호 의수 화가, 석창우다. 누군가 그에게 묻는다.

"하늘에서 건강한 두 팔을 다시 주면 어떻게 하겠습니까?" 그는 답한다. "안 받아요. 내가 양팔을 잃은 것이 운명이라면 의수로 그림을 그리게 된 것은 숙명입니다."

『나는 멋지고 아름답다』

이 두 분의 인생 반전은 닮은꼴이다. 그들은 팔다리를 쓰지 못하는 중증 장애를 받아들인다. 그리고 더 큰 삶을 찾는다. 그럼으로써 장애는 절망을 넘어 운명이 되고, 축복이 된다. 장애는 그들이 선택한 것이 아니다. 하지만 불시에 찾아든 장애를 받아들일지, 받아들이지 않을지 여부는 그들이 선택한 것이다. 삶의 의미란 이런 받아들임과 선택 속에 있을 것이다.

그들은 나에게 말한다. 자유롭게 움직일 수 있는 것은 큰 축복이라고. 그리고 또 말한다. 사지가 마비되고 잘려 나가는 장애도 한줄기 빛이 될 수 있거늘, 어째서 그토록 사소하고 작은 고통에 굴하느냐고. 비가 내리면 비

행복이 나를 위해
무엇을 해야 하는가 묻지 말고,
내가 행복을 위해
무엇을 할 것인가를 물으라.

를 맞으라고.

† † †

내 몸이 아무리 성해도 내가 처한 상황이 생지옥이라면 어떻게 할까. 그럴 땐 다시 다음 두 분을 보기로 하자.

먼저, 지옥 같은 매춘굴을 빠져나온 캄보디아 여인. 그녀는 10세 무렵인 1970년 55세 중늙은이에게 팔려간다. 포주 노릇을 하는 이 남자는 중국인 상인에게 그녀의 순결을 판다. 그 후 그녀가 14세가 되자 20대 후반의 군인에게 팔어넘긴다. 그녀는 군인의 강간과 폭력에 시달려 자살을 시도한다. 하지만 죽지 못하고, 15세 때 프놈펜의 사창가로 넘겨진다. 몇 차례 도망을 쳤지만 그때마다 잡혀 와 모진 매를 맞는다. 뱀을 풀어놓은 깜깜한 지하실에 갇히기도 하고, 알몸으로 침대에 묶이기도 한다. 양동이로 구더기 세례를 받기도 한다. 그녀는 결국 체념한다. 시키는 대로 하며 산다.

그런 그녀에게 극적인 반전이 일어난다. 그녀는 23세 때 한 프랑스 남자를 만나 결혼하고, 세상에 눈을 뜨기 시작한다, 그러다가 문득 성노예로 팔려온 여자아이들을 보면서 자신의 소명을 깨닫는다. 포주와 경찰, 정치권력이 한통속으로 엮여 있는 매춘의 부패사슬을 건드리는 것은 죽음을 각오해야 하는 일이었다. 하지만 그녀는 달리 선택의 여지가 없다고 느낀다. 그녀는 말한다.

"그 일은 다른 사람들은 할 수 없는 나만이 할 수 있는 일이었다. 그리고 난 그 일을 해야만 했다."

이로써 그녀의 모진 삶은 통째로 그녀의 영혼을 일깨우는 자산이 된다. '비참한 환경에 있는 여성들'을 구호하는 민간단체 아페십AFESIP : Acting For Women in Distressing Situations을 이끄는 그녀는 세계적인 여성 아동 인권운동가 소말리 맘이다.

두 번째, 생지옥인 아우슈비츠에서 살아 돌아온 남자. 그는 20명 중 1명이 생존할까 말까 한 나치의 강제수용소에서 밑바닥 인간성을 절절히 체험한다. 다음은 그가 전하는 수용소 풍경.

마지막 남아 있던 피하지방층이 사라지고, 몸이 해골에 가죽과 넝마를 씌워 놓은 것같이 됐을 때 우리는 우리의 몸이 자기 자신을 먹어 치우기 시작했다는 것을 느낄 수 있었다. 내장기관이 자체의 단백질을 소화시키고, 몸에서 근육이 사라졌다. 그러자 저항력이 없어졌다. 같은 막사에 있던 사람들이 하나둘씩 죽어나갔다.

매일 저녁 몸에 있는 이를 잡으면서 우리는 자신의 알몸을 바라보았다. 그리고 모두 같은 생각을 했다. 여기 있는 이 몸뚱이, 이제 정말 송장이 됐구나. 나는 무엇일까? 나는 인간 살덩이를 모아 놓은 거대한 무리의 한 부분에 지나지 않는다. 우리가 갖고 있는 것은 우리 자신의 벌거벗은 실존뿐이었다.

폴란드의 황량한 벌판 위에 세워진 죽음의 수용소 아우슈비츠. 오래전 그곳을 견학할 기회가 있었는데 그곳으로 안내하는 버스에는 구토용 비닐봉투가 비치되어 있었다. 나는 속으로 '설마 토할 것까지야'라고 생각했는데 막상 가보니 할 말이 없었다.

하지만 그는 이곳에서 겪은 경험과 통찰을 바탕으로 프로이트 정신분석학의 좁은 시야를 뛰어넘는 로그테라피意味治療 학파를 창시한다. 그는 1997년 92세로 별세한 빈 의과대학 신경정신과 의사, 빅터 프랭클이다.

그가 주창한 로그테라피의 핵심은 인간의 삶에 가장 강력하게 작용하는 것은 성욕 같은 본능이 아니라 의미라는 것이다. 즉, '왜why' 살아야 하는지 아는 사람은 그 '어떤how' 상황도 견딜 수 있다. 그가 아우슈비츠에서 미치지 않고 살아남은 것도 살아야 할 의미를 놓치지 않았기 때문이다. 그에게는 아우슈비츠가 인간의 복잡한 내면세계를 연구하는 거대한 실습장이었다. 그 실습의 결론은 이것이다.

> "궁극적으로 인간은 자기 삶의 의미가 무엇이냐를 물어서는 안 된다. 그보다는 이런 질문을 던지고 있는 사람이 바로 '자기'라는 것을 인식해야만 한다. 다시 말해 인간은 삶으로부터 질문을 받고 있으며, 그 자신의 삶에 대해 '책임을 짊어짐으로써'만 삶의 질문에 대답할 수 있다는 말이다."
>
> 빅터 프랭클, 『죽음의 수용소에서』

다시 한마디로 요약하면 이렇다.

"삶에게 묻지 말고 삶의 물음에 답하라."

존 F. 케네디 식 어법으로는 이렇다.

"삶이 나를 위해 무엇을 해야 하는가 묻지 말고 내가 삶을 위해 무엇을 할 것인지를 물으라."

"행복이 나를 위해 무엇을 해야 하는가 묻지 말고, 내가 행복을 위해 무엇을 할 것인가를 물으라."

삶이란 의미를 찾아가는 여행이다. 매 순간 삶의 질문에 진지하고 충실하게 답하는 것, 아무리 괴롭고 고통스러워도 그 안에서 의미를 찾는 것, 소말리 맘과 빅터 프랭클의 삶이 그런 것이었다. 그 삶의 의미는 추상적인 것이 아니다. 저마다 아주 구체적인 것이다. 절망하는 것도, 축복을 받는 것도 모두 삶에 답하는 나의 태도와 관련된 것이다. 삶의 의미는 내 안에 있다. 삶의 의미를 묻는 나 자신에게 있다.

카르페 디엠을

위하여

내 행복은 두 시간 뒤에 있다. 그때는 한잔한다. 이보다 큰 행복은 이틀 뒤에 있다. 그때는 주말이다. 이보다 큰 행복은 2주 뒤에 있다. 그때는 휴가다. 이보다 큰 행복은 두 달 뒤에 있다. 그때는 가을 여행을 갈 것이다. 이보다 큰 행복은 2년 뒤에 있다. 그때는 아름다운 시골에 있을 것이다.

내 행복은 항상 내 앞에 있다. 내가 앞으로 나가면 행복도 앞으로 나간다. 내가 한발 다가서면 행복은 한발 물러선다. 나는 행복을 놓친다. 이러다간 평생 놓칠 것 같다. 아~ 잡힐 듯이 잡힐 듯이 잡히지 않는 내 앞의 행복이여. 무지개 같은 행복이여.

그래서 작전을 바꾸라 한다. 지금 당장 여기에서 행복하라고 한다. '이래야 행복하다'가 아니라 '이래서 행복하다'로 바꾸라 한다. 행복에 조건을 달지 말라고 한다. 법정 스님은 '수류화개水流花開'라 가르친다. 그대 서 있는 바로 그 자리에서 물이 흐르고 꽃이 핀다고 깨우친다. 과거는 지나갔고, 미래는 오지 않았으니 오직 지금만이 유일한 실재라고 밝힌다. 내일도 결국 오늘의 모습으로만 올 터이니.「죽은 시인의 사회」의 키팅 선생님. 그는 '카르페 디엠Carpe Diem: Seize the day'을 외친다. 지금 이 순간을 잡으라 한다. 수류화개! 카르페 디엠! 삶의 정곡을 찌르는 말이다. 하지만 실행은 어렵다. 그러니 열심히 연습하자.

먼저, 시간 조정.

첫째, 지나간 일에 매달리지 않는다. 추억에 살지 않는다. 과거의 낡은 틀을 알아챈다. 그 틀에 갇히지 않는다. 습관에 안주하지 않는다. 의식적으로 습관을 깬다. 관행을 당연시하지 않는다. 관습을 정의로 착각하지 않는다. 과거 정보로만 프로그래밍된 내 안의 '수구세력'에게 속지 않는다.

둘째, 꿈에 사로잡히지 않는다. 꿈에 만취하지 않는다. 꿈을 꾸느라 지금을 수단으로 전락시키지 않는다. 꿈은 오늘을 충실하게 해주는 각성제다. 하지만 지나치면 오늘을 잊게 하는 환각제다. 꿈도 오남용하면 부작용이 있다.

다음은 공간 조정.

첫째, 이 자리에서 여행한다. 산 넘고 물 건너 멀리 떠나는 것만이 여행은 아니다. 그런 여행에 집착하면 먼 곳에 가서도 다른 곳을 찾을 것이다. 항상 떠나느라 목적지에 닿지 못할 것이다. 내 발걸음이 닿는 바로 이 자리가 목적지임을 알아채지 못할 것이다. 매 순간 도착하고 있음을 깨닫지 못할 것이다. 어떤 여행이든 제대로 즐기지 못할 것이다. 여행을 완성하지 못할 것이다. 여행은 매 걸음마다 내 안에서 완성된다.

둘째, 가까운 것부터 사랑한다. 가족이든, 이웃이든, 길가의 꽃이든 내 눈길이 머무는 곳부터 아끼고 살핀다. 먼 곳만 바라보고 내달리면 바로 앞의 소중한 것들을 놓친다. 먼 곳에 고정된 시선을 앞으로 당긴다. 그러면 시야가 내 곁으로 오고, 마지막엔 내 안으로 들어온다.

다음은 깊이 조정.

첫째, 집중하고 몰입한다. 몰입하면 과거와 미래가 설 땅을 잃는다. 오직 한 순간, 지금만 남는다. 그러나 몰입은 쉽지 않다. 그래서 좋은 방법이 많이 개발됐다. 서양에서는 기도를 한다. 내 마음의 원을 하나로 모아 간절히 기도한다. 동양에서는 명상한다. 욕망과 잡념의 파도를 가라앉히고 내 안으로 깊이 들어간다. 불교에서는 참선을 한다. 한 가지 화두를 붙들고 끝장낸다. 남방불교에서는 순간순간을 온전하게 알아차리는 '위빠사나' 수행을 한다. 단학에서는 단전호흡을 한다. 깊이 숨 쉰다. 깊은 숨은 내 안의 우주로 통하는 입구다. 내 밖의 신을 향하든, 내 안의 참자아를 향하든 집중하고 몰입하지 않으면 이르지 못한다. 사실 무한 속에서 안과 밖은 다르지 않을 것이다.

둘째, 신비에 감탄한다. 감탄하는 순간에는 시간이 사라진다. 몰두는 시간의 단면 깊은 곳으로 들어가는 것이다. 반면 감탄은 시간의 단면 위로 가볍게 날아가는 것이다. 가볍게 날아가는 것이 깊이 들어가는 것보다 쉽다. 그러니 수시로 감탄하자. 꽃에, 나무에, 강에, 산에, 바다에 감탄하자. 하늘에, 노을에, 바람에 감탄하자. 맛있는 것에, 신나는 일에, 아름다운 사람에 감탄하자.

지금 이 순간은 깊다. 그곳에 진짜 행복이 있다면 그 깊은 곳으로 가보자. 수직으로 내려가보자. 삶의 중심으로 들어가보자.

첫째, 깊이 숨쉬기. 숨이 수직으로 깊이 내려간다. 코에서 목으로, 목에서 가슴으로, 가슴에서 배로 내려간다. 하늘의 기운이 내 안 깊숙이 들어온다. 몸이 편안해진다. 머리가 가벼워진다. 마음도 편해진다.

태아는 엄마 뱃속에서 복식호흡을 한다. 아기도 처음에는 복식호흡을 한다. 그래서 숨 쉴 때마다 아랫배가 들락날락한다. 그 숨이 자꾸 위로 올라와 보통은 가슴으로 숨을 쉰다. 그 숨이 더 올라오면 목숨이고, 목숨을 넘기면 숨이 끊긴다. 아랫배까지 수직으로 깊이 내리는 숨은 친생명적이다. 그렇게 숨을 쉬면 생명이 기뻐한다.

둘째, 단전 연결하기. 정수리 상단전과 가슴의 중단전, 배꼽 아래의 하단전을 수직으로 연결한다. 하늘의 기운이 수직으로 연결된 단전 줄을 타고 내 안 깊숙이 들어온다. 몸과 마음이 편해진다. 머리가 가벼워진다. 가만히 앉아서 허리를 곧게 펴고 상단전―중단전―하단전이 통하는 수직 통로를 연상한다. 통로가 떠오르고 기운 같은 것이 위에서 아래로 내려오는 느낌이 든다면 그것은 단전이 연결된 것이다.

셋째, 십자가 그리기. 눈을 감고 천천히 십자가를 그린다. 한 손을 들어 먼저 수평을 긋고, 다음으로 수직을 긋는다. 수평은 시공간의 길이고, 수직은 시공간을 넘어 이 순간으로 들어가는 길이다. 수평과 수직이 만나는 곳이 지금 이 순간이고 그 밑으로 내려가는 선이 이 순간의 깊은 곳을 향한다.

그 선은 상단전—중단전—하단전을 연결하는 선과 같다.

넷째, 천천히 걷기. 걷는 것은 수평의 대지 위에 나를 수직으로 세우는 것이다. 달릴 때는 수평 감각이 강하다. 반면 걸을 때는 수직 감각이 더 강하다. 천천히 걸으면 한 걸음 한 걸음마다 땅에 닿는 이 순간을 느낄 수 있다. 아무 생각 없이 즐겁게 걸으면 매 발걸음이 이 순간이다. 그러나 언제까지 어디로 가겠다는 시공간의 욕심에 마음이 사로잡히면 시간과 거리에 쫓겨 이 순간을 놓친다.

다섯째, 기도하기. 기도는 두 손을 수직으로 모아 염원하는 것이다. 간절하게 기도하면 우주의 기운이 두 손에 모여 수직으로 내 안에 들어온다.

여섯째, 절하기. 내 몸을 바닥에 수직으로 곧게 세운 다음 두 손을 모은다. 천천히 허리를 굽히고, 무릎을 굽히고, 머리를 내린다. 나는 제자리에서 아래로 내려간다. 하늘의 기운을 땅의 기운과 합친다.

마지막 일곱째는 연상 훈련이다. 내 몸에서 시작해 수직의 이미지로 이 순간으로 들어가는 문을 찾으면 막연하지 않아서 좋다. 여기에 한 가지 더 강력한 연상 효과를 더해보자. 바다와 파도를 이용한 비주얼 연상이다.

나는 바다다. 넓고 깊은 바다다. 나의 하루는 파도와 같다. 파도처럼 출렁인다. 오락가락한다. 부숴지고 또 부숴진다. 생각의 파도가 치고, 감정의 물결이 일렁인다. 욕망의 파도가 꿈틀거린다. 때로는 성난 해일처럼, 때로는 잔잔한 호수처럼 변화무쌍하다. 그것은 내 삶의 무늬들이다. 그 무상한 무늬 위에 금을 긋고, 둑을 쌓고, 물을 가두고, 다투느라 고단하기만 하다. 고해苦海다.

하지만 깊은 바닷속은 그것과 아무 상관이 없다. 그곳엔 금이 없다. 둑이 없다. 갇힌 것이 없다. 모든 걸 포용하고, 고요히 침묵한다. 청정하다. 평화롭다. 나는 그곳으로 내려간다. 수직으로 깊이깊이 내려간다. 깊이 내려갈수록 나는 파도가 아니다. 부숴지지 않는다. 오락가락하지 않는다. 휩쓸리지 않는다. 나는 거기서 행복한 이 순간을 만난다.

카르페 디엠 Carpe Diem
지금 이 순간을 잡으라.

삶에게 묻지 말고
삶의 물음에 답하라

초판 1쇄 인쇄 2010년 12월 27일
초판 1쇄 발행 2011년 1월 3일

글 김영권
사진 유별남
펴낸이 이범상
펴낸곳 (주)비전비엔피 · 이덴슬리벨

기획 편집 최정원 윤수진 이미아
디자인 정정은 강진영
영업 한상철 한승훈
마케팅 이재필 김희정
관리 박석형 이미자 박철호

주소 121 – 894 서울시 마포구 서교동 377 – 26번지 1층
전화 02)338 – 2411 | **팩스** 02)338 – 2413
이메일 ekwjd11@chol.com/visioncorea@naver.com
카페 http://cafe.naver.com/vision9861

등록번호 제313 – 2009 – 96호

ISBN 978 – 89 – 91310 – 29 – 2 03810

· 값은 뒤표지에 있습니다.
· 잘못된 책은 구입하신 서점에서 바꿔드립니다.